Between Life and Death

生死結界

演然 著

故事梗概

末日已降臨，地球的生命正在倒數。

大氣層的臭氧空洞持續擴大，人類長久暴露在頑強的紫外線輻射底下，整個世界飽受摧殘。地球氣溫攀升，兩極冰川融化，海平面上漲，多國出現陸沉，數十萬個物種迅速消失，生物界經歷着一次名副其實的種族大滅絕。地球已經千瘡百孔，完全喪失復元能力，人間變成煉獄，人類痛苦掙扎，苟延殘喘……

為了悼念那些滅絕了的生靈，人類為她們建立了紀念墳場。當世上最後的一隻蝶影也消失蹤跡，人們才意識到蝴蝶的可貴，紛紛前來弔唁。森林被砍，可以再種；空氣和水被污染，可以再次潔淨，這當然要負上沉重的代價；但物種一旦滅絕，就意味着永遠失去。人類已進入了一個孤居時代，他們也許能僥倖地生存下來，但已把自己逼進了一個孤獨的絕境。

一名瘋狂科學家，畢生致力研究蝴蝶保育，但憑小眾之力，並不足以力挽狂瀾，事與心違，最後鬱鬱而終，猝死夢中。當他來到陰陽結界之地，竟重遇前世知己，生前不能相愛，死後能否再續前緣？兩人又能否改變生死定律，把滅絕了的蝴蝶帶回人間，從而拯救世界？

主要角色

小蝶　世界上最後一隻備受保護的蝴蝶，最終也逃不過滅絕的命運。在生死結界中變成半人半蟲的一種存在，並努力地要揭開自己的身世之謎。

蝴蝶君　瘋狂科學家，自幼為孤兒，早對人類失去信任，自暴自棄，卻在研究瀕危物種的過程中對蝴蝶產生了不能言喻的微妙感情。

布魯圖　蝴蝶君少年時代的死對頭，父親為國際政商界巨擘，大力開發土地，權傾天下。

Karuna　小蝶的未來轉世。

Metta　蝴蝶君的未來轉世。

萬能師母　少年勞教所課程監督，嚴厲苛刻，學生對她敬而遠之。

弔唁者　少年、婦人、女官員、老翁

滅絕物種　華南虎、盧文氏樹蛙、綠海龜、中華白海豚、琵琶白鷺、大熊貓、鯊魚、虎鯨等

目錄 ～

—— 01 ——

 # 來歷不明的弔唁者

天際浮起一片魚肚白，大地逐漸光亮起來。

剛剛起牀的太陽啊，精神抖擻，暖烘烘的把整個墳場照得通亮。

墳場位於一座沿海的丘陵上，高處長了一棵大樟樹，聽說有五百歲了，黃褐色的樹皮長了許多縱裂的深溝紋，樹幹很粗壯，要七八個人手把手才能環抱。遠遠望過去，樹冠就像一把撐開的綠色大傘，煞是好看。

樹上一片片嬌嫩的小葉芽從枝條裏鑽出來，枝葉間結滿了綠白色的小花，晨風吹來，散發着一股清心提神的香氣，同時傳來悠揚悅耳的歌聲。

啦啦啦，忘記吧！在美好的春日裏，
把一切忘記，快樂在當下！
啦啦啦，唱歌吧！在愉快的歌聲裏，
把一切美好，於當下發芽！

那是一把少女的甜美歌聲。

陽光被層層疊疊的樹葉過濾，變成了輕輕搖曳的光暈，淡淡的、圓圓的，漏到少女紅潤的臉上。鵝蛋形的臉，長着一雙烏黑的眼睛，一個纖細的鼻子和兩片嬌嫩的嘴唇。她正寫意地坐在大樹杈兒上，一雙腿輕輕地踢着空氣，口裏哼着歌兒，自得其樂的樣子。

遠處的群山連綿起伏，近處山坡上的小草已悄悄地鑽出地面，整個山丘一片綠油油，數以百計的墓碑面向太陽整齊地排列着，就像學生全體肅立，恭敬地向校長行禮一樣。

啦啦啦，忘記吧！在美好的春日裏，
把一切忘記，快樂在當下！
啦啦啦，唱歌吧！在愉快的歌聲裏，
把一切美好，於當下發芽！

少女的歌聲似乎喚醒了這裏的一切。蟋蟀和不知名的昆蟲在吱吱和唱，松鼠和野兔在草地上奔跑跳躍，小鳥在空中追逐飛舞，萬物呈現一片生機，一切是那麼朝氣勃勃，活力十足。

少女看來十分喜歡這裏，她一邊觀賞着晨曦初照的山頭景色，一邊用舌頭舔去綠葉上一顆又一顆晶瑩的水珠。

「好清甜啊！」

她索性閉上眼睛，用味蕾去品嘗潔淨無塵的露水。

「對不起！」

突然，傳來一把陌生的聲音。

少女忙不迭的張開眼睛，就發現眼前站着一個頭戴鴨舌帽的少年，就在樹蔭下的墓碑前，在她腳下的不遠處。

「送給妳的。」少年向墓碑鞠了個躬，把一朵白玫瑰放下。

少女嗅了嗅空氣，嗤笑道：「啐，假的！一點誠意都沒有，別想欺騙我！」

這個時候，少年略帶歉意地說：「我一直沒有好好的珍惜妳。」

「嘎！你是誰呀？」少女一臉疑惑，「你不會是我的男朋友吧？我從來沒有見過你啊！你究竟是誰？這麼早來幹嘛？」

少年垂下頭，低聲說道：「以前我一見到妳就會很衝動，衝動得要撲上去把妳捉住。」

「哇，色情狂呀你！」少女大吃一驚，不自覺地雙手交叉抱於胸前，以作防衛。

「都是怪妳長得太漂亮，太引人注目了！」少年續說道，「很難才會見到妳的，所以一見到妳就會馬上追上去，非要把妳捉住不可！」

「你真夠殘忍，看你長得相貌堂堂，原來心靈這麼骯髒！」少女向男孩做了個鬼臉。

「現在我知錯了，我今天來就是要向妳保證——」少年這時舉起右手的三隻手指鄭重地說，「我發誓，我不會再傷害妳！」

「廢話！」少女生氣地回應。

在晨光映照下，少年轉身，拖着影子離開。

少女坐在樹上，踢着雙腳，卻發現地上除了樹影，並沒有自己的影子，她的心往下一沉，向着少年的背影大聲喊道：

「太遲了！我已經死了！」

　　她當然知道少年是無法聽到自己的聲音。過去幾天她試着跟這些前來弔唁的人說話，但是誰都沒法聽到她。滿肚子的悶氣，死了足足六天了，為什麼她的父母、她的兄弟姐妹，還有她的朋友都沒有來過看她？

　　一個都沒有？

　　難道她真的一個親人都沒有嗎？

　　為什麼？

　　最讓她猜不透的，就是這幾天前來的都是些陌生人。這些來歷不明的弔唁者，卻總是在對她說些什麼對不起她、什麼很後悔等諸如此類的話。這些人到底是誰？他們帶着什麼動機而來？為什麼他們都認識她，而她卻不認識他們？

　　一個都不認識！

　　少女深呼吸了一口空氣，這個時候，她背上的一雙大翅膀張開了。深藍色的前翅綴有黃色的條紋，十分鮮明；金黃色的後翅在陽光照射下金光燦燦，呈現出類似珍珠在光照下反射出來的變幻光彩，時而青、時而綠、時而紫，顯得華貴美麗，漂亮極了！她用力地拍動翅膀，然後從大樹杈兒飛到地上來，輕輕地降落在自己的墓碑前。

墓碑上刻着這樣的文字：

TROIDES AEACUS
THE LAST GOLDEN BIRDWING IN THE WORLD
DEC – MAR MMLV
GONE BUT NOT FORGOTTEN

看着這些陌生的符號，少女滿腦子充滿疑惑。究竟她是誰？她怎麼會來到這裏？望向晴朗的天空，她不禁大聲發問：

「喂！我到底是誰呀？」

她的聲音在空氣中迴盪着、迴盪着：

「有人可以告訴我嗎？」

「有人可以告訴我嗎？」

「有人可以告訴我嗎？」

沒有人知道，暫時無可奉告，用人類的話來講，她是一隻幽靈，一隻鬼魂，我們暫且叫她做「小蝶」吧。

—— 02 ——

 # 只能在回憶中相見

　　少年走了不久，一個婦人緩緩地走上來，停在小蝶的墓碑前。

　　婦人戴了一頂太陽帽，鼻上架着一副大墨鏡，長衣長褲，她看看天空，當她確定太陽還沒有升得很高的時候，便安然地把帽子和墨鏡除下。

　　小蝶連忙上前看個清楚，這回可又讓她失望透頂，因為這又是一張陌生的臉孔。

　　但當她嗅到空氣中的花香，心情又回復過來。

　　「唷，鬱金香！」

　　作為一隻蝴蝶，她的嗅覺特別靈敏，不用看，已能嗅出花的獨特氣味。

　　果然，婦人從袋子中拿出一朵鮮紅色的鬱金香，輕輕地放在墓碑前，微笑說道：

　　「現在呀，千金難買一朵花。我只找到這麼一朵，妳千萬不要嫌棄。」

　　「算妳有點誠意！」小蝶回應道。

　　「唉！」婦人輕歎一聲說道，「現在才開始想念妳，思念妳，真沒意思。」

　　「哼！又是同樣的開場白！」小蝶此刻的感覺，就像國文老師面對學生千篇一律的作文，那是多麼的索然無味。

　　「小時候差不多每天都見到妳，」婦人說道，「妳真的很漂亮。我不是吹牛，我真的曾經有過這麼一段豐富的童年，我真的曾經看過妳們成群出動的奇景！」

　　「成群出動？」小蝶緊張起來，「那就是說我應該有很多兄弟姐妹、很多朋友了是不是？」

「小時候住在鄉下，那裏長滿了青草和野花。」婦人徐徐進入了回憶，「我和妹妹最喜歡沿着一條長長的土坡邊緣一路奔跑過去。在陽光下，妳們一家大小都出動了，就在我們身邊，跟着我們上下飛舞，白的、黃的、紫的、花的，妳們穿着不同顏色的衣服，就像是一朵一朵會飛的花朵，那簡直是個奇景！」

這可引起小蝶強大的好奇心了，她連忙追問道：「妳是說我的一家大小嗎？那麼妳肯定見過我爸爸媽媽了吧？你肯定見過我的兄弟姐妹了吧？嗄？他們都還活着嗎？現在都在哪兒？他們都好嗎？為什麼都不來看我？為什麼？快說！快說呀！」

小蝶一口氣的在追問因由，可是那婦人怎能聽到她的聲音呢，她根本就看不到她的存在。

小蝶感到十分洩氣。

「一見到妳就知道春回大地。花開遍野，蝴蝶翩翩！」婦人繼續說道，「唉，現在雖然也是春天，但情況已經很不一樣了，鄉下那邊別說什麼蝴蝶了，現在就連草都沒長一條、花都沒開一朵了。不過，我還是比這一代的孩子幸福的，起碼我曾經親眼見到過妳們 —— 最美麗的昆蟲！我女兒連一隻真正的蝴蝶也沒見過呢，不過現在要見妳也不是沒有辦法的。」

「什麼辦法？」小蝶連忙反應過來。

「博物館很快就要展出妳的標本給市民欣賞，到時一定人山人海，水洩不通。」

「標本？」小蝶瞪大眼睛說道，「我死了，還要把我的屍體公開展覽？屍體有什麼好看？你們都是變態的嗎？」

「要麼就在網絡上看，那裏有很多珍貴錄像，可以讓人好好的回顧妳，懷緬妳。」

「你們要回顧我、懷緬我些什麼？」小蝶被婦人的話弄得莫名其妙。

這個時候，婦人拿出手巾，輕輕地為墓碑擦拭了幾下，雖然墓碑看來並沒有半點灰塵，她這樣做不過是要為這隻逝去的精靈做點事情，聊表心意而已。

天愈發光亮。

婦人抬頭望見太陽，就從手袋裏拿出一瓶噴霧，先往臉上一噴，然後又對着手背噴噴，便匆匆忙忙的戴回帽子和墨鏡轉身走開了。

小蝶像木頭一般地站在那裏不動，楞着兩隻眼睛，發呆地

看着婦人逐漸遠去的背影，心裏反覆思考着一連串的問題：

我不過是一隻蝴蝶，為什麼我死了會有這麼多人來悼念我？

難道我是一隻很特別的蝴蝶嗎？

難道我曾經對人類作了些什麼偉大的貢獻嗎？

難道我的死又為人類帶來些什麼重大的影響嗎？

她拚命地去想，可是愈想愈不明白，愈想問號就愈多。忽然，她又起了一個怪念頭：

「那麼，我到底是怎樣死去的呢？」

一隻蝴蝶通常會是怎樣死去的呢？在飛行時給燕子吃掉了的嗎？在樹上歇息時給螳螂那鐮刀似的前臂劈死？在草地上吸露水時給癩蛤蟆那長長的舌頭拍打而死？還有那些可怕的蜥蜴、蜘蛛、青蛙等，全都是殺害她的疑犯……

愈想愈恐怖，不要再想下去了。

但如果她真的是那樣死去的話，無論如何都只是一件微不足道的事情，那怎會牽動人類這麼大的情感反應？為什麼他們陸續前來向她道歉？為什麼他們看來都很後悔、難過？

小蝶百思不得其解，誰能揭開她的身世之謎呢？

「說不定下一個來的人會告訴我！」她這樣告訴自己。

— 03 —

 # 前來自首的殺人兇手

　　果然，很快又來了一個人，那看來是一個十分虛弱的老翁，安穩地坐在一個透明的大圓球內。確實一點說，那是一部設計先進的太陽能電動輪椅。在這個俗稱「滾球」的電動輪椅內，老人坐着就能享受按摩與空調，而且滾球能感應日光而自動調節明暗度，為老人遮日蔽雨，十分舒適安全。

　　老人遠遠看見了墓碑，便按動輪椅上的一個鈕，「滾球」便自動加速上前。

　　小蝶遠遠看到這麼大的一個圓球在草地上滾動，內心充滿好奇，又跑又跳又飛地迎上前去，並輕輕的降落在滾球旁邊，敲了敲滾球表面的強化玻璃，調皮地對滾球內的老翁說：

「喂，老公公，你是來告訴我，我是怎樣死去的嗎？」

她當然不會期望老翁會有些什麼回應。

這時，滾球已緩緩地駛到墓碑前，滾球前端自動開了一個小天窗，方便老翁呼吸新鮮空氣和與外界接觸。

小蝶已追着飛了回來。

老翁看着墓碑上的文字，凝住了片刻。

小蝶趨近看到老翁的臉容，滿臉的皺紋，腮幫上有些褐斑，眉毛鬍子都花白了，頭髮梳得倒是認真，沒有一絲凌亂，可那一根根稀疏的銀絲一般的白髮還是在黝黑的頭皮上清晰可見。微微下陷的眼窩裏是一雙深褐色的眼眸，兩個鼻孔插了輸氧管，氣管連接到輪椅上的特別裝置，看來他的生命是依靠儀器來維持着的。

「老公公，您有一百多歲了吧，您真有心啊。」小蝶柔聲說道。

老翁的眼睛竟泛起了淚光。

「老公公，你怎麼了？」小蝶一臉擔心的樣子。

老翁的嘴唇抖了一會兒，然後緩緩地一字一頓地說出：

「是、我、害、死、妳、的。」

「什麼？你就是害死我的人？」小蝶怔住片刻才把話說出來。

老翁緩慢地提起顫抖的右手，用猶如枯乾的樹枝的手指指着自己的胸膛，一字一頓的虛弱地吐出四個大字：

「我、是、兇、手。」

小蝶一時呆住了，怎麼眼前這個白髮蒼蒼身體殘缺的老者，就是殺害自己的兇手！

往事如煙，那已經是上個世紀六、七十年代的事了，那時候老翁才十幾歲，跟他的一個親戚去了東海的一個島國。

「那個地方叫『蝴蝶王國』。」

「蝴蝶王國！」

老翁神情疲憊，往事一幕幕地浮現在他的眼前。

處於亞熱帶的「蝴蝶王國」，有着令人嘖嘖稱奇的特殊地形、氣候與資源，因而孕育着豐富的植物、生物等多樣化的自

然生態，更吸引了幾百種的蝴蝶品種。那裏的樹林蔥蔥鬱鬱，還有許許多多的小鳥在歡快的唱着歌兒，蝴蝶產量相當的豐富，因此擁有「蝴蝶王國」的美譽。

「我在那裏的蝴蝶工場很快就找到了工作。」

「蝴蝶工場？」

「我每天的工作，就是把妳們的翅膀剪下來，加工做成杯墊、做成桌布、做成貼畫。」

小蝶頓時打了個寒噤：「你是活生生的把我的翅膀給撕下來的嗎？」

「妳知道嗎？妳們是很矜貴的，妳們養活了我們那一代人。」老翁繼續說道，「那時候，蝴蝶工場一家一家的開，不知多熱鬧，每個工場每年起碼要用掉三四十萬隻蝴蝶，所有工場加起來，一年下來，至少用掉一兩千萬隻！」

小蝶一下子怔住了。

「十年了，我在那裏待了十年，由我親手殺死的蝴蝶……」

老翁只管搖頭，唉聲歎氣。

「我來幫你算吧！」小蝶憤然地說，「一年兩千萬隻嗎？十年就是兩億了，是不是？！」

她倒能把答案認真地計算出來。

「不是我們那麼濫殺無辜，妳們一定不會絕種！」老翁搖頭道：「唉，沒辦法呀，要賺錢，要生活，要工作，要養妻活兒。」

「哼！」小蝶不屑地回應道，「就是為了錢，你們人類什麼都願意做？是嗎？」

只見老翁的身體抽搐了幾下，便哽咽起來。

「嗚——嗚——！我是屠夫！」

「是！你是！」小蝶說道。

「我該死！我該死！」老人一臉愧疚。

「那你就去死吧！」小蝶不客氣的回敬道。

「現在的世界變成這樣子，我可算是罪魁禍首，我已熬不住多少日子了，可是我的子子孫孫，都會因為我的罪孽而長期的受苦下去。」

老翁說着說着，用虛弱的手捶着自己的胸膛，激動得脖子旁邊的大動脈都看得見跳動，不知是激動還是病情所致，這時他的臉色漲得發紅，每說一個字便大口喘氣。

小蝶吸了一口冷氣，茫然失措，走到大樟樹下坐下來，像個泥塑木雕的人，冷漠地望着老翁。

這時，老翁的電動輪椅上的一盞紅燈突然亮了起來，一把電腦合成語音隨即響起：

「紫外線危險警告！」

「紫外線危險警告！」

「紫外線危險警告！」

與此同時，滾球的外層自動調暗了光度，以擋住陽光入侵。

老人舉頭看天，神情變得恐懼。

這時的太陽慢慢地透過雲霞，露出了早已漲得通紅的臉龐，像一個害羞的小姑娘張望着大地。這是最舒適不過的天氣啊，可是老翁為什麼變得這樣慌張？只見他慌忙地用顫抖的指頭按動椅旁的一個按鈕，上方的天窗隨即關上，輪椅作了

一百八十度旋轉，滾球瞬間加速離開。

　　不知是否加速太快的緣故，還是老翁的操控技術不佳，滾球幾乎撞向不遠處的另一個墓碑。幸好滾球最後及時自動調整方向，老翁才不至於被拋離椅外。

　　這邊，小蝶失意地坐在大樟樹下，她隨手在地上撿起一個枝條，在泥地上勾出一個又一個的圓圈。

　　「一、二、三、四、五、六、七、八……」

　　原來，她想要知道「兩億」這個聽來很大的數目，究竟要用上多少個零頭來寫，於是，地上便出現了 200,000,000 這行數字。

　　然後，她站起走到自己的墓前，摸了摸碑上的文字，內心泛起莫名的傷感。

　　「人呀人！我不過是一隻蝴蝶，喜歡四處飛、曬曬太陽、吸吸花蜜，喝喝露水吧，我又不會傷害你們，你們為什麼要趕盡殺絕？」

　　過去幾天心裏積存着許多困惑，現在終於讓她想通了。她終於明白為什麼自己死了這麼幾天，竟然沒有一個親人來看她，一個都沒有，原來他們早已死光了，通通死光了！原來她

的龐大家族早已滅絕了，是人類把他們都殺個清光了！

　　她被老翁這突而其來的告解震動了，以致就像受到電擊一般，精神處於半癡半呆的狀態之中。她開始討厭這些來歷不明的弔唁者，本來還是挺好的，但這些人來了以後，對她說了讓人難過的話後，她再提不起任何心情了。她輕歎一聲，索性閉上眼睛，大力地拍動翅膀，向着山坡飛去。

　　飛呀飛呀，她享受着春風吹撫的清涼舒爽。

　　飛呀飛呀，她要在高速裏忘掉不快。

　　啦啦啦，飛翔吧！在青春的年華裏，
　　把傷痛忘記，快樂在當下！
　　啦啦啦，飛翔吧！在清涼的微風中，
　　讓夢想萌芽，活著多精彩！

　　整個山坡洋溢着讓人沉醉的清香，那朵朵盛開的花姿，有的簡約，有的張揚，都在散發着生命的美好。

　　「好香呀！」

　　對於嗅覺特別靈敏的蝴蝶，在遠處已能嗅出不同的花香了。

整個下午，小蝶就是這樣在花間飛舞，沐浴在明媚的陽光中，疲倦時便躺在軟綿綿的草地上睡個午覺。

到她睜開眼睛時，太陽已準備下山了。

她知道她一定要飛回大樟樹那邊，因為她的視覺很差，晚上甚至看不清楚東西，所以她必須趕在入夜前回到墓碑那裏，否則她會容易迷路，更可能會遇上危險。

她再次拍動那瑰麗的雙翼，閉上眼睛，以高速飛翔。

飛呀飛呀！她一邊飛舞一邊歌唱，多麼的自由自在，多麼的無憂無慮！

啦啦啦，忘記吧！在美好的春日裏，
把一切忘記，快樂在當下！
啦啦啦，唱歌吧！在愉快的歌聲裏，
把一切美好，於當下發芽！

這個時候，卻不慎撞向一個女人。

—— 04 ——

 ## 進步帶來的退步

飛呀飛呀！飛呀飛呀！

小蝶一頭栽進一個女人的懷裏！

還來不及說對不起，就發現自己已穿越女人的身軀，跌跌撞撞地滾到草地上去。

「唷——！」她痛苦地喊了一聲，左邊的翅膀觸碰到地面，覆蓋在翅膀上微小的粉狀鱗片脫落了。鱗片紛紛降落到地上，在夕陽下它們閃閃發光，時而金黃，時而翠綠，有時還由紫變藍，一片一片的脫落，顯得漂亮而淒涼。

那個撐着灰色太陽傘、穿着深藍色行政套裝的中年女士看

來有點錯愕，她好像感應到自己被一股能量穿透，停下腳步，皺一皺眉，望望左右，歪歪頭，但很快又若無其事地繼續向前走。

她和小蝶畢竟是活在兩個不同維度的空間，又怎會察覺到小蝶的存在呢？只是小蝶還沒有完全適應這裏，才糊糊塗塗地跌上一跤吧。

很快，女人已來到墓前，她收起傘子，對着墓碑鞠了個躬，然後掏出一份稿子閱讀：

「對於妳的離世，我們感到遺憾。」

說時字正腔圓，神情凝重。

小蝶踏着大步回來，對着女人大喊：

「走呀！別講了，我不想再知道了，妳很討厭！走呀！」

眼前這個女人讓她無辜地摔倒，怎不教人生氣？但她如何大聲，女人還是無動於衷。

「氣死！」

女人繼續讀稿：「根據我們的檔案記錄和專家的調查報告，上個世紀七八十年代社會開始轉型，隨之而來是都市開發計

劃、觀光發展項目，還有很多大規模的山地開發工程和填海工程，那時候叫經濟文明、叫繁榮進步，幾十年後才發現後果嚴重，那些所謂文明的政策，扭曲了大自然原有的生態，它們為人類帶來了短期有限的收益，長遠來講，卻引發一連串氣候和生態環境災難。」

小蝶憤然說道：「夠了夠了，別再說了，我不想聽了！走吧，你們這些霸道的人類！」

女官員還是滔滔不絕地說下去：「我們已經汲取了沉重的教訓，其實所有生物都應該有與生俱來的生存權利。作為國際公約的成員，我們政府是有責任履行國際義務，我們已加緊研究各種可行方法，去保護其他瀕危物種，我們不想看到更多的珍貴的生命相繼地滅亡。」

「咄！後知後覺！講完了吧！走吧！」小蝶仍是氣憤難平。

「現在市民的日子非常難過，大家都在承受着慘痛的苦果，以前大家追求的所謂進步，原來是個大倒退，這是我們始料不及的。希望妳在天之靈，保祐我們平安。」

女官員說罷，搖頭苦笑。

「哼！別求我！我可不是神仙。」小蝶嘟着嘴冷哼一聲，別過臉去。

那邊金燦燦的陽光已漸漸地變成橙黃，開始變得柔和，嫵媚動人。遠處巍峨的山巒，在夕陽映照下，塗上了一層金黃色，遍地的小草也鍍上了一片金黃色，顯得格外瑰麗。

「好美的夕陽啊！」小蝶不禁讚歎道。

夕陽旁邊的雲霞一會兒白合色，一會兒金黃色，一會兒半紫半黃，一會兒半灰半紅，色彩繽紛，變幻無窮。

「喲！」女官員卻突然驚叫一聲說道，「我的傘子呢？在哪裏？不見了！怎麼不見了？」

她看了看天空，心裏慌張，手忙腳亂地四處找她的傘子。

「死啦！死啦！真的不見了！」本來還是一臉嚴肅，卻突然變得像個瘋婦，手足無措地繞着墓碑四處找，可是傘子就是不見了，她的內心愈發惶恐，額前更冒出豆大的汗珠來。

「喂！」小蝶指着草地上的傘子說，「在這裏呀！看不見嗎？」

「哎呀！哎呀！」女官員看來是因為感受到陽光觸碰皮膚的灼熱感，所以害怕得大叫起來。只見她連忙伸手擋着臉，擋着手，擋着身體上每一寸暴露在日照下的皮膚，樣子十分狼狽。

「這樣死定了！這樣能撐多久呢？」

她慌忙地跳到大樟樹下躲避，一隻手開始在胸前劃着十字，喃喃自語的祈禱。這時才赫然發現，原來傘子就擱在地上，只是灰色的傘子形同變色龍，默默地隱藏在石頭堆裏，讓人不易察覺。

幸好及時發現，否則後果不堪設想。女官員雙手合十，感激不盡的謝天謝地。她馬上拾起傘子，撐開後便匆匆離去。

小蝶發現她的稿子給扔下了。

「喂！」小蝶在她背後大喊，「妳丟了東西！不要了嗎？」

女官員哪能聽見？

「太陽下山了，妳還撐着傘子幹嘛？」小蝶又喊道。她感到十分奇怪，這個女人，還有這幾天來過的人，為什麼都在以不同的方式去逃避太陽？這是多麼溫暖多麼舒適的晚霞餘暉啊！他們到底在害怕些什麼？

算了，還是別管他們吧，這些令人費解的人類。

小蝶伸了個懶腰，拍動一下翅膀，就飛到天空中去了。這次她飛得很高、很高，一直飛到樹頂上。樹頂離地面很遠，足

足有着將近十層樓的高度。此刻，大樟樹的樹冠被夕陽鍍上一層金紅色，遠遠看去像一個巨大的閃閃發光的蘑菇，光彩奪目。

小蝶坐在枝葉間，享受着夕陽下的微溫。

這一天將要結束了，她打了個呵欠，慢慢地，就躺在樹枝上睡去了。

霎那間，夕陽沉落。

黑暗已悄然無聲地降臨大地。

05

 # 古怪的布特夫拉教授

月亮睜大眼睛，白晃晃一片，在幽藍的夜空中顯得格外晶瑩。月亮又像一顆熟透了的魚眼，和藹地望着幽靜的小丘陵。

整個山坡被淡淡的月色蓋住了，一個又一個的墓碑都像鍍上了一層水銀。大樟樹變成一位慈祥的母親，把小蝶緊緊地抱在懷裏，偶而吹來一陣晚風，把樹葉搖得嘩啦啦地響，彷彿就是母親為女兒哼唱着的搖籃曲。

夜深人靜，偶爾聽見蟲音吱吱。

那邊，幽暗的草叢處，突然晃動着一個黑影！

那是夜間出來覓食的豺狼嗎？還是傳說中的可怕幽靈？

都不是！

那原來是個人影，搖搖擺擺的正在向着大樟樹這邊走來。

三更夜半還跑來墳場幹嘛？來者何人？

「蠢才！全都是蠢才！」

一把男聲響起，嗓門兒很大，聲量在寧靜的黑夜裏顯得特別刺耳。

男人的身影逐步移近。

濛濛月色下，隱約看見一個戴着黑框眼鏡的中年男人，不肥不瘦，身穿睡衣，睡衣滿是蝴蝶圖案，看來很舊，還有幾個破洞。男人背着小提琴，挽着手提包，腳下沒穿鞋子，一頭散亂的頭髮上，束了一個特別的髮型，像小飛俠阿童木般，兩個類似卡通貓耳朵的小尖角一前一後的從頭髮上凸起來，整個人看上去有些古怪。

樹上的小蝶仍在夢中，她睡得很熟，兩隻翅膀就像一張圖案鮮艷的毯子，暖暖的把她整個身軀包住。

男人看來有些激動，從脖子紅到臉上，太陽穴的青筋脹得像豆角一樣粗。

「我早就說過了，為什麼你們人類總是後知後覺？為什麼你們永遠不懂得珍惜眼前，不懂得珍惜擁有的一切？總是要等到失去以後才來後悔、才來追憶！？哼！全都是蠢才！笨蛋！」

說着說着，就看到了巍峨的大樟樹，於是加快腳步走。

「太好了，終於讓我找到妳了！」

男人一個箭步衝到墓前，既驚且喜。

這時小蝶已被噪音吵醒，微微張開惺忪睡眼，一臉不耐煩。

「吵死了！誰呀？」

大樟樹下，那個男人望着墓碑，自言自語。

「我不是說過了嗎？自然生態是有它的極限的，一旦突破了這個極限，任何先進技術、文明科技都是於事無補，大自然的原貌永遠也不會恢復過來！現在連妳都死了，一切已經太遲了！太遲了！」

小蝶已忍無可忍，從樹冠上大叫下去：「別吵呀！聽到沒有？」

整個空間沉靜下來。

男人好奇地四處張望。

空氣中繼續傳來小蝶的喊罵聲：「夠了！這幾天我聽夠了，我在睡覺呀，別來煩我好不好，拜託！」

男人朝着聲音的方向回喊道：「妳在樹上嗎？下來啊！下來見我！」

小蝶楞住了。

難道這個男人是聽到自己的聲音而作出回答？這是不可能的！過去幾天來過很多人，可是沒有一個是能聽見她的，一個都沒有。莫非這個男人擁有特異功能，能與幽靈對話？

不會吧，這太神奇了。

她想試探一下，便喊道：「我就在這兒！」

男人登時呆住，有點手足無措的樣子。

「妳在哪兒？快出來！」

天色非常暗淡，小蝶視力不佳，只聞其聲不見其人，但她還是認為男人的答話是出於巧合而不是真正地回應她。現在既然被吵醒，就得要宣洩一下怒氣，她從樹上飛下去，降落在男人的身後，叉起腰就罵道：

「你走吧！我沒心情聽你說話！你自己不也是人類嗎，你在罵人不是等於在罵自己嗎？別貓哭老鼠，走呀！討厭的人類！」

「你幹嗎這麼兇？」男人轉過身來問道。

小蝶給嚇得倒退兩步。

她凝望着這個陌生人，眨了眨眼睛，思緒很亂，不知飄到何方。

男人也望着她，眨了眨眼睛。

就這樣，兩人面對面的望着對方。

「不可能的吧？」小蝶一臉疑惑。

「怎麼不可能？」男人竟又一再回應。

「天啊！你不會真的聽見我、看見我吧！？」小蝶問道。

「這兒還有誰？」男人反問道，「妳不認得我了嗎？」

「啊，你是誰？」小蝶的聲音有些顫抖了。

「妳真的認不出我？」

「你究竟是誰呀？」

「妳不用害怕，我們又見面了！」男人答道，「妳只是比我早來了幾天而已。」

「你是說，你已經死了？」小蝶馬上意會過來。

「嗯。」男人點頭，歡喜地答道，「太好了，我們又在一起了。」

「我們認識的？」小蝶覺得驚奇。

「嗯！」男人點頭，同時打量着小蝶，好奇地問道，「妳怎麼變成這樣子？」

小蝶望望自己，一臉困惑，問道：「什麼樣子？」

「我只是覺得奇怪，」男人歪着腦袋，眼光上下掃視着小蝶說道，「現在說妳是人非人，說妳是昆蟲又不是昆蟲。」

「什麼？」

「一隻蝴蝶死了，怎麼會變成這個樣子，半人半蟲，妙哉！妙哉！」

「你在說什麼？」

男人皺起眉頭，他伸手把眼鏡除下，用手袖抹拭了幾下，似乎是要給自己一點思考的空間。

「我以前不是這樣子的嗎？你到底知道些什麼？快告訴我！」小蝶追問。

借着月光，小蝶近距離地觀看着男人，他臉上的鬍渣子還沒有剃去，在他又濃又密的眉毛下，是一雙炯炯有神的眼睛，只是平常都隱藏在厚厚的鏡片中讓人看不清楚，而且變得細小。

「啊！大概是這樣！」男人突然喊道。

「怎樣？」

「妳是世界上最後的一隻蝴蝶，」男人把黑框眼鏡戴回他那挺拔的鼻樑上說道，「妳的來生不可能再做蝴蝶了，在這個生死過渡期，妳要準備投胎。」

「投胎？」小蝶疑惑地搖搖頭。

「投胎做人，來生做人類，不用做昆蟲了。」男人續說。

小蝶眨了眨眼，陷入一種思考的狀態。

「這不過是我的推測。」男人聳聳肩，喃喃自語，「是的，應該就是這樣的。」

「那我到底是誰？」小蝶誓要揭開自己的身世之謎。

「我跟你講，妳是我人工繁殖出來的最後一隻蝴蝶。妳從誕生到死亡的全部過程我都仔細地記錄下來了。」

「我是人工繁殖出來的？」她一臉愕然。

「嗯。」男人點頭答道，「但是，妳跟妳所有的家族成員一樣，天生命短，長的有半年，短的不過一兩個星期。妳們身體非常脆弱，如果環境受到破壞受到污染，妳們是難以生存下去的——」

「所以通通死光了！這個我知道。」小蝶憤然說道，「我和我龐大的家族是給人類殺死的，是嗎？」

「唉，」男人歎了一聲道，「這是個非常複雜的問題，總之，不是因為我，妳整個家族早在十多年前生態環境遭受嚴重破壞時就已經絕種了！是我用科技來維持着妳們的生命，用人工方法去繁殖妳們的後代！」

「用科技來維持？」小蝶突然想起昨天來過的那個坐在滾球內自稱是殺人兇手的老翁。

「不過最後還是失敗，」男人繼續說道，「你們根本太脆弱了，繁殖非常困難，妳是唯一能夠生存下來的品種，世界各地頭條新聞都在報導！」

「國際頭條嗎！？那我可是個國際知名人物了！」小蝶打趣地說道。

「你頂多是隻『國際知名昆蟲』吧，哈哈！」男人笑着回應，「作為蝴蝶，妳有這麼威風，該是空前，也是絕後。我付出畢生的努力研究蝴蝶，一直以來寂寂無名，但妳一死，竟也讓我一夜成名，記者都來採訪我，我最不喜歡這種場面的，要我面對鏡頭，我最討厭，本來還安排了好幾個訪問，現在不用去應付了，哈哈！」

「你寧願死也不願意接受訪問？」

「哈哈，我只愛做研究，就是不想出那些風頭。」

「你做什麼研究的呀？」

「蝴蝶呀，我不是已經說過了嗎？我生前大部分的時間都是用來研究蝴蝶，我不希望見到妳們絕種，用盡所有方法都只是希望把妳們保存下來。妳知道嗎？全世界本來有成千上萬種的蝴蝶，但過去十年她們一下子消失了，只剩下妳這個品種——鳥翼。」

「鳥翼？」

「是的，大概是妳們體型大，生命力比較頑強。妳們張開翅膀的時候，就像鳥一樣大，妳們飛得又高，所以很容易被誤會是鳥類，有些捕鳥者在樹林中發現了妳們，還會當妳們是鳥而開槍呢。」

「嘎！」小蝶嚇了一驚，不忿說道，「你們人類怎麼總是喜歡打打殺殺的，你們沒有別的更好的事情要做嗎？」

男人尷尬地笑了笑。

「鳥翼這個名字我不喜歡。」小蝶想了想說道。

「妳的正式學名叫『金裳鳳蝶』，Troides Aeacus，不過我還是喜歡叫妳做『Karuna』，這樣來得親切些。」

「Karuna ？」

「我給妳起的名字，妳都忘了？」

小蝶搖搖頭，迷惘地說，「我一點印象都沒有了。」

「妳來了幾天？」

「六天。」

「就是了。」男人解釋道,「人死亡以後,一般來說,對前生的記憶頂多只能維持兩三天,妳來了六天了,什麼都忘記了是不是?到了第七天,妳就會完全喪失記憶,完全忘記前生和過去的種種事情。」

「要不是聽這幾天來弔唁的人所說的話,我對我自己的身世真的一無所知。」小蝶無奈地說道。

「妳有什麼不知道的都可以問我,其他人對妳只是一知半解,我對妳可是瞭如指掌。」男人說這話時語氣十分堅定。

「你為什麼會對我瞭如指掌?」小蝶十分好奇。

「當然啦。」男人答道,「我在實驗室裏跟妳們世世代代朝夕相對,這麼多年了,我對妳們不單了解,還對妳們培養出特別深厚的感情。對我來說,妳的生命就是我的生命。」

從男人的片言隻語中,小蝶逐漸了解到自己的過去。但眼前這個男人着實古怪,他不時用手去撥弄頭髮,看來是小心翼翼地用指頭揉一揉兩撮豎起了的像貓耳朵的髮尾,以保持頭髮的獨特形狀。他到底是什麼人,竟然會比她自己更了解自己?在追問自己過去的同時,小蝶開始對這名不速之客產生了興趣。

「那麼你是怎樣死去的呢？」小蝶問道，「你怎麼會這樣早死？」

「就是因為妳！」

多麼讓人感到意外的回答。

「因為我？」

「連妳最後這隻蝴蝶也死了，」男人繼續答道，「我還有什麼生存意義？還有什麼做人樂趣？思蝶成狂，悲傷過度吧，夢中猝死，不知不覺的就來到這兒，幸好沒有多大痛楚，死得安樂，哈哈！」

「夢中猝死？難怪你 ──」小蝶指着男人的睡衣，還有他的一雙赤腳，不禁笑了出來，然後她又馬上覺得自己失禮，因為哪會有人取笑一個剛剛死去的人的呢？

「儘管笑吧，我平常就是這樣的不修邊幅！」男人絲毫不感到尷尬，他說，「妳千萬不要介意，我這套睡衣雖然舊，但很舒服，而且穿了好多年，不捨得扔掉。」

「那麼你死了，為什麼好像很高興？一點哀傷也沒有？」小蝶繼續發問。

　　男人笑了笑回答：「當生無可戀，死又有什麼可怕？又有什麼好傷心？哈哈！世界變了，死了不是比活着更好嗎？而且，現在能再見到妳，我不知多高興！」

　　這個人真的就是因為思念一隻昆蟲而死去的嗎？這讓小蝶感到匪夷所思，難以相信。這時，男人不客氣地說道：「我找妳找很久了，我索性搬過來跟妳做鄰居，好吧？」

　　小蝶怔了一怔，單憑過去幾天的經驗，她對人類有了戒心。這個人樣貌慈祥，但也不能肯定他就不是一個心懷不軌的人呢！明明死了也要找上門來，那是什麼居心什麼企圖？而且，從髮型到衣着，他看來都不太正常。想到這裏，小蝶內心極度不安。還是不要輕易相信這些人類，這樣太危險。

　　「這位先生，還未請教您的名字？」小蝶決定要先多了解一下對方。

　　「小姓布，名特夫拉，在學術界，大家都叫我做布特夫拉教授。」

　　「布特夫拉教授？」

　　「對，Professor Butterfly。」

　　「不一大一塊？」小蝶努力地模仿發音。

「哈哈，你當然是『不大塊』，你只是一隻小小的昆蟲！」

小蝶聽得一頭霧水。

男人解釋道：「Butterfly，即是『蝴蝶』，也有人叫我『布教授』，或者『蝴蝶教授』，妳不要見外，叫我『蝴蝶君』吧！」

「蝴蝶君？」

「是的，Karuna。」男人微笑說道。

「那麼，蝴蝶君，」小蝶繼續問道，「你為什麼用了蝴蝶的英文來做自己的名字？」

「就是喜歡！」直截了當的回答。

「那不是很奇怪嗎？拿一種昆蟲的名字來替自己改名？」

小蝶問的不無道理，因為這很難讓人理解。試問一下大家，你身邊的同學、朋友、親友中，有人叫「張蜻蜓」、「李甲蟲」、「王蒼蠅」、「陳蟋蟀」嗎？這些名字萬中無一，這樣稱呼自己不怕讓人取笑嗎？小蝶愈想愈覺得不妥當，難道眼前這位教授是個神經病？噢，如果是這樣的話，他剛才的一番長篇大論豈不都是廢話，豈不都是他胡思亂想、憑空想像出來的瘋言狂語？看他這副不倫不類的模樣，說話長篇大論，也許是個

天才，不然的話就是一個瘋子。

蝴蝶君看出她心裏的疑惑，於是解釋道：

「不要誤會，我只是一名蝶迷、蝶癡，喜歡研究蝴蝶而已。」

哈哈，蝶迷？蝶癡？這真有意思。這位自稱蝴蝶君的人的說話引得小蝶噗哧的笑了出來。他為什麼會對蝴蝶這樣着迷？那麼多昆蟲他偏不愛，就是喜歡蝴蝶，並把大部分的時間都花在研究蝴蝶上？但他似乎又是個有趣的人，起碼談了這麼久也沒有覺得他討厭。而且，他一點也不像這幾天前來的人，說的都是些讓她感到害怕恐怖的事情。

「那你為什麼這麼喜歡研究蝴蝶？」小蝶奇怪問道。

蝴蝶君嚴肅地回答：「蝴蝶是我最好的朋友、唯一的朋友。」

「唯一的朋友？」

這位年輕教授怎會跟一隻昆蟲做朋友？而且是最好的朋友、唯一的朋友呢？這太不合常理，太荒誕絕倫了。

—— 06 ——

 大樟樹上的蛻變

「怎麼蝴蝶會是你唯一的朋友？」小蝶追問道。

蝴蝶君呼出一口氣說道：「我是個孤兒。我自有記憶以來，就沒有見過我父母，加上我天生弱視，人又瘦弱，經常被人欺負。也許我不想被人刺傷，所以我很討厭上學，上了中學以後，慢慢的我學會了『以暴易暴』，打架成為我校園生活裏的平常事。」

就是這樣，小蝶逐漸認識蝴蝶君的過去。

「為了保護自己，我會先發制人，我和別人打架從未低過頭，那段日子混得也不賴。開始欺負別人後，我就發現，別人就不再欺負我，很多人還喊我大哥。除了打架，我還蹺課去外

面玩，還故意頂撞老師，我就是要在學校裏稱王稱霸，只有我欺負別人，誰見着都要敬三分。你能想像我在那時候多瘋狂嗎？」

小蝶靜默地聆聽着。

「直到有一次終於惹禍上身，我把幾個同學打得遍體鱗傷，其中一個更差點沒命，我在學校早已臭名遠播，這次換來的結局是給驅趕出校，與此同時，我被押送去勞教所，那是一所少年監獄。」

在勞教所的一個小房間內，獄警要求我把身上所有的東西都掏出來。我照做，隨後又被搜了身，獄警又對我說：「把衣服脫了，鞋子脫了，換上這個，然後再拿着這個桶子，動作快點！」我又照做，換上獄警手指着的那一套灰衣和一雙塑膠拖鞋，一隻手抓着一個小桶子，桶子裏面放着一條毛巾、一隻漱口杯，還有一個塑膠碗和一根勺子。我拿着東西在一邊等着，獄警突然摘下我的眼鏡說：「金屬的，不能戴。」這時候，我意識到自己已經成了一名罪犯。

我眼前突然變得一片模糊。我跟着獄警走，走過了幾道門，視野裏的人突然多了起來，但面目模糊，我只看到灰色衣服和棕色衣服，還有我緊跟着的藍色制服。穿過一段長長的甬道，走到一個十字路口，然後拐進一條走廊，走到第三扇門前，獄警停下，從手中一圈鑰匙中找出一把，打開一扇鐵門，對

我喊道，「進去吧。」然後扭頭對裏面喊道，「給你帶新兵來了。」

「好嘞！」裏面的人熱情地應了一聲。

我定了定神，深吸了一口氣，抬腿邁了進去。

坐牢是什麼？坐牢就是你將要失去所有自由。在此後三年的牢獄生涯中，我痛失了人生自由，還有寶貴的青春。

我有後悔嗎？我有因此受到教訓而改過自新嗎？

沒有。

我是那種好了傷疤忘了痛的小伙子。

在勞教所裏，我繼續奉行霸凌主義。我好歹曾經是學校裏的「大哥」，我會怕誰？只要先給那些人一點顏色看看，他們就不敢欺負我了。我可太自視過高了，原來，一山還有一山高，勞教所裏臥虎藏龍，每個給關進去的肯定都有點來歷，很多都是社會上的混混，我對人家看不過眼，人家對我更看不過眼，很快，我就被「修理」了。

「修理？」這時，小蝶才插嘴問道。

「大揍一頓！」蝴蝶君失笑回答。

那裏的老大，是個叫布魯圖的大胖子，他早就傳話過來要「解決」我了，第一天見面就嚇唬我「你到底知不知道我是誰？」，每次碰頭總是說「老子以後見你一次打你一次」，這種狠話我毫不在乎，虛張聲勢誰不懂？我就是那種天不怕地不怕的人。終於有一天，大家都睡着的時候，我突然給幾個人猛拉下牀，我這才發現，我是一個人，他們是一幫人，寡不敵眾，我最後被打得很慘，布魯圖讓我跪下，我不肯，他們一個人就飛腿過來，狠狠地踢在我的膝蓋上，「哐」的一聲，我雙腿一軟，身子下沉，整個跪了下去。那個布魯圖還要讓我跪着說，「老大我錯了」，但我怎麼也不肯說。毆打持續了不知多久，直到後來驚動了獄警，事件才告平息。

從那天開始，我的生命注定要跟布魯圖糾纏在一起。

事後，我被送進醫院，住了三天，躺在病牀，我還是穿着囚服，腳上戴着腳鐐，可想而知，不用介紹，誰都知道是怎麼回事。周圍的人就跟看怪物似的看着我，那種鄙視的眼神，我一世都不會忘記。那是頭一遭我對自己的存在感到羞恥。

出院回到拘留所，因為我被認定是危險人物，所以被安排送進獨立囚室，與外界完全隔絕。單獨囚禁是摧毀囚犯心志的一種方式，在裏面，大半時間無所事事，我會陷入到一種失去自由的痛苦中，我整天思索，試圖尋找接下來人生的意義，卻

在面對高牆和鐵窗時，跌入困惑和迷茫的泥沼裏。

那時候，我常常倚在牆角想，自己的人生已經無可救藥。

過了一個月，終於可以「放風」了。

「放風？」小蝶好奇地問道。

那是一天裏只有一個小時，讓你到戶外或指定地點活動活動。當你長期被困在一個狹小的密室，面徒四壁，那麼一個小時的自由時光，對你來說是何等珍貴！說是自由其實也很牽強，因為在監獄裏你根本沒有自由，就算是在放風的時間，你的一舉一動也會受到嚴密的監視。

「那你在放風的時間去了哪裏？」小蝶問道。

「那裏有個小山坡，長滿了花草，」蝴蝶君繼續回憶說道，「就是這裏。」

「這裏？」小蝶感到奇怪。

蝴蝶君觀看四周環境，又說：「對，這裏，這棵老樹依然屹立不到。」

「你是說，這裏以前是個勞教所？」

「是的。」蝴蝶君點頭答道,「不過早就拆了。」

小蝶看看四周,露出一副驚訝的神情。

那一天,我來到這裏,爬到樹上百無聊賴的坐着,看着藍天,看着白雲。一直以來,大家都說我是個沒有感情的人,喜怒不形於色,也許我不想被人刺傷吧,從小就學會了掩藏,他們並不知道,其實很多時候我總是情不自禁的感到憂傷。我坐在樹上,眼神空洞地看着身邊的一切,天空很美,世界看來很大,但我的心情卻異常的低落。鳥兒在自由自在地飛,眼前的花花草草很美,這個世界,這麼美好,但它是不屬於你的。那一刻,我完全看不到自己的將來。

在勞教所裏,那些少年犯偶然還可以收到家人或朋友寄來的信,至少有人還會想念他們,給他們說一些鼓勵的話。看到他們接信的那一刻,我會感到很痛苦,我連一封信都沒有收到過,我可是一個無親無故的孤兒!我的內心充滿憤怒和悲傷,我怨恨我親生父母為何要把我生下來然後拋棄我!

聽到這裏,小蝶也替蝴蝶君感到難過。

然後,我的腦海突然閃過一個念頭,有一把聲音在告訴我:

「死吧!反正沒有人愛你,你的人生已經完蛋了,你是個

廢柴，你是個神憎鬼厭的罪犯！去死吧！這個世界不需要你的存在了！」

憤怒！悲傷！驚慌！迷惘！百感交集，心情複雜得難以形容。就在我思考着該如何了結自己生命的時候，我在樹上看到一條毛毛蟲，它很醜，渾身上下全都是黑色的毛，不管是近看還是遠看，都是特別噁心。

然後，我看到一個蛹。

蛹突然抖動了一下，破出一個小口，露出了翅膀的末端。一隻蝴蝶快要誕生了！那蝴蝶開始掙扎，極力鼓動翅膀，蛹殼劇烈晃動，搖搖欲墜，我在一旁心急如焚，多想幫幫她，但我知道，幫了她等於害死了她，小時候聽老師講過，蝴蝶在破蛹時磨練了翅膀，鑽出後才能飛翔。我只好袖手旁觀。最後，蝴蝶掙脫了蛹殼，一對五彩繽紛的翅膀漸漸張開。一隻蝴蝶誕生了！她停在葉上，等翅膀乾了，便一飛沖天，向着無邊無際的藍天飛出去了！

我是一個從來不流淚的人，但不知道什麼緣故，那一瞬間，我的眼淚已簌簌往下掉了。看到蝴蝶的蛻變，我整個人一下子清醒了，怒氣頃刻間消散。原來我自己一直是在苟活的呀，一直都是渾渾噩噩的過日子！自從被關進勞教所，失去了所有自由，我很清楚我已經是一個沒有了明天的人，這樣下去糊糊塗塗的過日子，我怎樣撐得起自己的未來？小小的毛蟲縱

使醜陋，牠們也不知道父母是誰呀，但是牠們有憤怒過嗎？也許有，但牠們懂得把不幸轉化成為強大的生命能量。牠們的身體裝着巨大的夢想，經過自己不斷努力，才慢慢結蛹，慢慢地變成美麗的蝴蝶。那一刻，我心中有一種神聖的感覺油然而生，我告訴自己，我縱使是一隻醜陋的小毛蟲，但總有一天，我也會蛻變成為蝴蝶的。

當時曾閃過這麼一個念頭，就是爬到樹頂跳下去一死了之。想不到是那隻蝴蝶救了我，那天開始，我深刻地反省自己，我懺悔我以前的所作所為，我切切實實地意識到，自己的人生必須要像蝴蝶一樣，來一次徹徹底底的蛻變！拳頭並不是解決問題的方法，每一次打架，換來的是愈來愈大的恐懼，和每個晚上總會有仇家前來尋仇的夢魘。

要戰勝別人，必先要戰勝自己。

我跟自己說，我要變得更強！我要像蝴蝶一樣一飛沖天！

「你還有夢想嗎？」

有一天，萬能師母走過來問我。萬能師母是勞教所裏的課程監督，她是個比男人更有男子氣概的女中豪傑，不苟言笑，嚴肅苛刻，誰都怕她三分，可她又是一個博學多才的人，能文能武，既懂天文地理科學，也懂文學音樂藝術，所以我們都叫「萬能師母」。

　　我一下子被這個問題問住了，我自覺內心深藏的一個東西被挖了出來，可轉念又覺得，我的人生一直在瞎混，現在更是鋃鐺入獄，還配有夢想嗎？

　　我可以有夢想嗎？

　　停頓了很久，我還是回答了「有」。

　　想着要在勞教所裏面要呆這麼長的時間，如果不去學習一門特長，那我以後肯定就是個廢人。我小時候就喜歡音樂，所以當我從獨立囚室釋放出來，就決定報名去學小提琴。音樂是一種療癒人心的東西，好在小提琴幫助我撐過那段艱難的歲月。

　　蝴蝶君的故事曲折離奇，讓小蝶聽得着迷。

　　他的眼鏡片很厚，從某個角度看過去，會見到一個又一個的圈子，這讓他看起來有點笨，但也有點可愛。小蝶不敢再近看他的眼鏡了，因為再多看幾眼她也會感到頭暈眼花。

　　「也是在那天以後，」蝴蝶君繼續說道，「我每次來到這個小山坡，都會見到蝴蝶，原來，這裏到處都是色彩斑斕的蝴蝶，她們四處飛，一會兒落在花兒上，一會兒落在葉子上，每天都是那麼自由自在，無憂無慮。開心也好不開心也好，我都會跟她們講，跟她們分享我的喜怒哀樂，我覺得她們是明白我的，我每次把心事說出來以後，心情就舒坦了。從那天

開始，蝴蝶就成為了我最好的朋友、唯一的朋友。」

　　原來蝴蝶君有着這麼一段不尋常的童年，原來他和蝴蝶的感情是這樣建立起來的。

　　小蝶恍然過來：「所以你長大以後就開始研究蝴蝶了！」

　　「在勞教所裏我就開始了，反正在裏面無所事事。反思己過以後，我努力學習，發奮圖強，拚命的追回學業，我還在獄中報考公開試，一有空我就看有關蝴蝶的書。在那段被監禁的日子，我把大量的時間都投入到讀書中。在裏面，我的人生就剩下三件事兒。第一件事兒幹活，第二件事兒彈琴，第三件事兒讀書，沒有第四件事兒。我轉變之大，讓勞教所裏的人都大為驚訝，他們都說我是脫胎換骨了。」

　　「從叛逆少年搖身一變成為大好青年。蝴蝶君，你真不簡單。」小蝶讚賞道。

　　「都是因為妳啟發了我。」蝴蝶君微笑說道，「為了多了解我最好的朋友，我翻查了很多有關蝴蝶的資料。然後，我發現了一個讓人相當震驚的事實！」

　　「那是什麼？」

　　「原來一直以來，由於人類不斷破壞環境，在世界各地

蝴蝶棲息的樹林、荒地、山坡地、濕地等，範圍已經變得很小、很小，很多甚至消失了，蝴蝶的種類和數量因此也大大減少，什麼灰蝶科、眼蝶科、蛺蝶科、鳳蝶科等等，通通都絕種了！我知道這個事實以後，就發誓要盡力拯救我最好的朋友，保衛她們的家園！」

「所以你最後就成為蝴蝶教授了？」

蝴蝶君笑了笑道：「十八歲生日那天，因為行為良好，我被獲准提前出獄了。同一天，我收到了大學的入學通知。我在勞教所三年的時間總算沒有白費，我的努力終於得到了回報。找報讀了生物科學，專門做瀕臨滅絕物種研究，尤其是蝴蝶保育研究。」

「你真了不起。你的故事很勵志。」小蝶不禁又讚賞道，看來她對蝴蝶君的戒心已放下了。

「一分耕耘，一分收穫。」蝴蝶君說道，「古人的話蠻有道理的，正所謂有志者，事竟成。要不是我立下決心改正過來，我的人生只會變得一塌糊塗。」

「你立志要保衛蝴蝶，但是為什麼到最後又失敗了，連我這隻僅存的唯一的蝴蝶都要死去？」小蝶好奇地問道。

蝴蝶君沉默了半晌，然後說道：「妳是死於自然的，死得

很美，一點也不恐怖，在我的『玫瑰園』內。」

「玫瑰園？」好一個漂亮的名稱。

「嗯。」蝴蝶君點頭說道，「那是我特別為妳設計的溫室，那裏種滿了你喜歡的花朵，溫度適中，是你最理想的家園，它就在我實驗室的旁邊，也是我倆朝夕共對的地方。」

「我既然有這麼美好的一個家園，怎麼到最後還是逃不過滅絕的命運呢？」小蝶百思不得其解。

「妳的死是理所當然的，」蝴蝶君一臉正經地回答道，「因為人工的生態永遠及不上天然的生態，而且維持它的成本相當高，當妳的同類一個又一個地死去，剩下妳一個也是無法生存下來的，因為妳不能自我繁殖，所以妳的自然死亡，也是我預料之內的事。」

蝴蝶君合上眼睛，有點傷感，呼吸了一口氣又說道：

「我想過要把妳不斷地複製又複製，但那只是一個自欺欺人的做法，我在想，如果全世界的人都和我一模一樣，我活下去也是沒意思的。更大的理由是，地球已經沒有妳生存的空間了，我為什麼要勉強妳生存下來，在一個人工培育的地方苟延殘喘？『玫瑰園』？那裏沒有真正的陽光，那只不過是地窖下的一

個實驗室，用機器用金錢來運作來維繫的一個模擬生態系統！」

　　在了解蝴蝶君的過去的同時，小蝶也在逐步揭開自己的身世之謎。

　　「所以，妳的死亡只是見證了一個生物品種的完全滅亡。」

　　說罷，蝴蝶君沉默下來，抬頭望向繁星閃閃的夜空，若有所思。然後，他拿起身邊的小提琴，輕輕地彈了一段小曲，口裏跟着哼唱。

　　蝴蝶呀，靜靜表演優雅的舞姿，
　　山巔水媚的舞者，
　　一朵一朵會飛的鮮花！

　　隨着歌聲，小蝶情不自禁地跳起舞來。她扇着一雙漂亮的大翅膀，頭上兩根細而長的觸角，就像兩條小辮子，隨着舞動的身體一甩一甩的，十分神氣。輕盈的身軀恍如仙女，一會兒飛到半空，一會兒降落地上，優美動人。

　　蝴蝶君被小蝶的舞姿迷住了，他放下手上的琴，加入小蝶的步伐中。

　　朦朧月色下，兩人就這樣翩翩起舞，投入忘我。

蝴蝶呀，默默傳播美麗的訊息，
山林大地的舞姬，
一幅一幅飛舞的彩畫！

這時，草叢裏開始浮現出點點綠光，遠遠望去就像繁星灑落山坡，原來那是螢火蟲閃閃爍爍的身影，它們隨着蝴蝶君和小蝶兩人的舞姿，也在翩翩起舞，漂亮極了。蝴蝶君和小蝶走在螢火蟲穿梭的草叢裏，抬頭望是繁星滿佈的夜空，低頭看是螢光湧動的銀河，身處其中，彷彿進入仙境，浪漫迷人。

電光火石之間，兩人的目光觸碰了。

「Karuna，妳很美。」蝴蝶君柔聲說道。

小蝶頓感尷尬，下意識地向後退，一個不小心就絆倒地上。

「唷！」

「小心！」蝴蝶君衝前一手把她抓住。

「哎喲！」小蝶喊叫一聲，明顯手臂給抓痛了。蝴蝶君不由得愣着看了一下，才發現自己的一隻手抓住小蝶的手臂，另一隻手摟在她的腰上。小蝶不由得俏臉微紅，低着頭，兩隻眼睛不知道看哪裏才好。

蝴蝶君馬上把手鬆開，連忙找話說：「對不起！」

「嗯，沒事。」

小蝶羞澀的回應道，那如蚊吟的聲音說起話來帶着一絲的顫抖，估計也只有她自己才能聽到。

蝴蝶君這才發現小蝶的膝蓋上已紅腫一片。

「你膝蓋碰到了嗎？」蝴蝶君有些心疼的蹲了下去問道，「痛不痛？」

「沒事。皮外傷而已，休息一下就沒事了。」小蝶別過臉去，摸着腳上一道紅紅的瘀痕，一拐一拐地走到樹下，靠着樹幹坐下來。

蝴蝶君靠着樹幹的另一邊，也坐了下來。

兩人沉默無言，腦海裏都在反覆琢磨着剛才發生的一切。

良久。

小蝶打了個呵欠，眼睛不由自主的往下沉。她確實睏得要命，她從來沒有像今天這樣在三更夜半醒來，她甚至連月亮星

星也從來沒有親眼見過。

「累了吧？」蝴蝶君聽到呵欠聲，有點自責地說道，「妳是日間動物，晝出夜伏的，是我今天來的時間不對，還把妳吵醒。現在是什麼時候了，真的，你快去睡吧，好好地睡一覺。」

小蝶不一會兒就不知道蝴蝶君在講什麼了，昏昏欲睡的拍動翅膀飛回樹上，伏在一處舒適的枝頭，緩緩的進入了夢鄉。臨睡前，她隱約聽到樹下的一把聲音：

「安心睡吧，我會在這裏繼續守護妳的。」

蝴蝶君的心潮像澎湃的大海，他一點睡意也沒有，他習慣了在夜裏看書寫文章，這個習慣一下子未能改變過來。良久，當小蝶已熟睡夢中，他走前去撫摸小蝶的墓碑，然後拿起手提琴，輕輕地拉奏着曲子。

泥土冰冷嗎？睡得安穩嗎？
何以沒説一聲，讓我孤單看落霞？
墓前沒有花，讓我撥開一片土，
用眼淚灌溉，一朵含笑的鮮花。

隨着琴音，蝴蝶君哼唱起一段心曲。

花開花落，人世間的離合悲歡，千生萬世在結疤。

讓我化作鮮花，給你靜靜的依偎，共看璀璨煙花。

讓我化作彩蝶，與妳雙飛共舞，觀賞瑰麗奇葩。

在迷茫的月色下，蝴蝶君手拉小提琴的姿勢，變成一個定格剪影。

地上的閃閃螢光逐漸熄滅，整個世界黑暗下來。

—— 07 ——

不是冤家不聚頭

又是一個晨光明媚的早上。太陽像被罩上橘紅色的燈罩，放射出柔和的光線，照耀着整片大地。

兩人就這樣坐着，眺望着山坡，談天說地，十分投機。這天他們很早就起來了，不知不覺的也已談上了幾句鐘。小蝶的腳傷看來已好轉了，蝴蝶君對她說了很多關於他生前如何培育蝴蝶的事情，又說了他如何奮不顧身地為瀕臨物種進行抗爭而遇上種種驚險的故事。

例如有一次，他因不滿一片所剩無幾的珍貴樹林被地產商的挖掘工程弄至滿目瘡痍，便氣沖沖的從研究院跑到那工地前示威抗議，誓死保衛那片絕無僅有的蝴蝶棲息地。

「自然生態不能遭受進一步破壞了，請大家一起投入瀕危物種的保育工作吧！為了給野生動物提供一個良好的棲息地，我們必須建立更多的自然保護區。不少蝴蝶種類已經滅絕或瀕臨滅絕了，由於蝴蝶向來被視為良好環境的指標物種，這些生物的衰亡，無疑顯示了經濟發展背後的環境惡化。少開一塊地，多種一棵樹，就是對保育的大貢獻！請大家多多支持！讓我們一起來努力吧！」

蝴蝶君一腔熱血，跟其他示威人士一起高舉橫額，對着群眾義憤填膺地大叫口號。這時的他已長大成人，不再是以前那個不可一世桀驁不馴的叛逆少年，而是一個關心自然生態，積極投入社會活動的熱血青年。

「我不願看到這些動物逐漸步向滅亡，多年來一直大聲疾呼，抗爭到底。」蝴蝶君對小蝶說道，「你可以說，我們的抗爭只是以卵擊石，沒錯！寡不敵眾，我們的力量不足以力挽狂瀾，那些土地開發方案早已獲得通過，我們如何阻止也是無補於事，不得要領的，但是我們並不能因此而放棄，坐以待斃。就說空氣吧，城市的空氣污染特別嚴重，例如含有氯氣和溴氣的人造化學品的釋放破壞了大量的臭氧層，如果你問一個人，空氣質素愈來愈差，你怎麼能忍受在這裏生活？很多人都會回答，對呀，但這已是生活的一部分，習慣了就好。一句習慣了就好，確實是非常危險的想法。我們就是要徹底改變這種錯誤的想法。對環境問題習以為常，尤其是集體的麻木，無動於

衷，是締造改變的一大障礙，因此，我們其中一個重要使命，就是喚起大眾重拾對環境的敏銳。」

蝴蝶君的專業分析，有些時候不容易讓人一聽就明白，但是小蝶還是專心致志地聆聽。

「那一次的抗議行動，」蝴蝶君繼續說道，「我們築起人牆封鎖了工地，起初還是和平地進行的，但其後發生了一些碰撞，最後我四肢竟被抬起呈烤乳豬狀，像垃圾一樣被丟上佈滿鐵絲網的警車裏，連我頭上這兩個小髮角也給壓扁了！哼！」

蝴蝶君怎麼會這樣緊張他的髮型呢？小蝶心裏在想。

「最讓我氣憤的，是那個報警捉我的人竟然就是布魯圖！」

「布魯圖？你是說那個在勞教所和你打架的老大？」小蝶問道。

「就是他！」蝴蝶君點頭答道，「不是冤家不聚頭，這句話真的很對！自從那次勞教所打鬥事件以後，我和布魯圖分別被關進單獨囚室，我接下來的轉變，似乎感染了布魯圖，他竟然也有改邪歸正的迹象。不過那主要還是因為他老爸的緣故吧！你知道嗎？他老爸正正就是那個權傾天下的大地產商，布魯圖含着金鑰匙出生，是家中的獨生子，自小嬌生慣養，父母對他過分溺愛，因此養成了他驕橫跋扈的性格，經常對人說的話是：

『你到底知不知道我是誰？』過於寵愛就是溺愛，這也因此養成他叛逆的性格，看似是對他好，結果造就了他目無法紀的個性，四處惹事生非，最後因為傷人襲警，給捉進了勞教所。」

布魯圖三番四次闖禍，他老爸實在忍無可忍，那次打架後，他老爸怒氣沖沖的來到勞教所，隔着玻璃給布魯圖狠狠的教訓了一頓，還說要跟他斷絕父子關係，一毛錢也不留給他。布魯圖自知犯下彌天大禍，他也心知肚明，自己這麼一副德性就算以後放了出去也是無法立足於社會的，他犯不着跟他老爸作對，所以最後還是苦苦的認錯，豎起三隻手指可憐兮兮的發誓說要改過自新重新做人。

連布魯圖都蛻變了，整個勞教所的人都嘖嘖稱奇。

但我跟你講，假若說我是從毛毛蟲蛻變成為一隻蝴蝶，那麼布魯圖就是從蛆蟲蛻變成為一隻蒼蠅。

「為什麼？」小蝶不禁好奇問道。

為了要承繼他老爸的事業王國，那天以後，布魯圖真的痛定思痛，發奮圖強了。還在勞教所的那段日子，他總是要跟我比拚，可我當時已沒有那種爭強好勝的心了。你走你的陽關路，我走我的獨木橋，河水不犯井水。但是我們的命運似乎就是要交纏在一起。我以為長大以後就不用再面對他了，誰不知多年以後，他繼承了他老爸的事業，我就義無反顧地為保育運

動進行抗爭。這邊廂，我在大力呼籲保衛自然生態，那邊廂他卻大力提倡土地開發，還向政府獻計推出什麼十大建設，不斷開山劈石，填海造地，把大自然的生態環境徹底摧毀了！我們是天生的死對頭，一生一世的冤家，有他就沒我，有我就沒他！

回想起往事，蝴蝶君咬牙切齒，憤憤不平，他甚至認為：

「蝴蝶和很多珍稀物種相繼滅亡，這個布魯圖該負上很大的責任！」

「為什麼？」小蝶問道。

「很多年以後，一個跨世紀的多國合作超級填海大工程展開了！全球幾十個國家都有派代表來出席，他們那個計劃叫什麼『明日地球』，為了滿足人口增長過快的問題，全世界很多國家決定合力聯手，在太平洋和大西洋之間打造一個超級人工島，一個據稱可以容納超過五億人的什麼未來高端超級聯合公民國。」

「聽起來是一個非常偉大的工程啊！」小蝶說道。

「何止偉大？！那簡直就是個驚天地泣鬼神的災難工程！人類永遠只會往好的方面想，說這個計劃將會帶來多少經濟效益和就業機會，將會解決多少人口住屋問題等等，卻嚴重地忽略了這些建設所要帶來的生態和氣候災難！」

「那最後呢？你能阻止他們嗎？」小蝶問道。

蝴蝶君搖頭歎息道：「這個工程一開始，就注定要把人類滅亡的時間推前了，我只能用後患無窮來形容。多年以後，地球頻頻出現天災，而且一次比一次嚴重，全球各地乾旱、雷暴、洪水等極端氣候，和地震、泥石流的頻繁出現，物種相繼滅絕，人們才開始相信，這些把地球推向死亡的邊緣的天災並非偶然，而是涉及許多人為的因素。直到臭氧洞破壞到一個無可挽救的程度時，人類才意識到事態嚴重，不禁在問，我們的地球到底怎麼了？」

「我們的地球到底怎麼了？」小蝶感歎一聲，思考着蝴蝶君的說話。

「這個問題，最好找布魯圖來算帳！」蝴蝶君氣憤地說道。

那邊墓碑前陸續來了一些憑弔的人，但小蝶對他們已沒有多大興趣了，她想多聽聽蝴蝶君與布魯圖之間的恩怨情仇，但這時蝴蝶君卻沉默下來，不想說話。

「別說他了！反正都過去了，以前的事別再提了。」

如果從來沒有布魯圖這個人，世界會否像現在一樣呢？蝴蝶君心裏默默在想。

—— 08 ——

愛恩斯坦的預言

不知什麼時候開始，蝴蝶君已爬到大樟樹上去了。那粗大的樹杈像傘骨一樣撐開，蝴蝶君危危乎的站在上面，又搖又晃，興奮得嘩嘩大叫。

「蝴蝶君，你年紀有多大了？！還這麼淘氣！」小蝶在半空中飛着。

「哈哈！這個好玩。妳知道我有多久沒爬過樹了？」蝴蝶君說道。

其實蝴蝶君的年紀也不算大，不要看他身為教授，也有天真的一面，這一直隱藏的活潑的天性，好像一下子被啟動了，使得他暫時忘記了成人世界裏的一些規矩，以最真摯的方式親

近一棵樹。鬧了一陣，他索性整個人斜躺在樹杈上，還得意地把雙腳吊在樹枝上晃悠，嘴裏發出咯咯的清亮的笑聲。

小蝶緩緩降落下來，坐在樹杈上。

「妳也躺下來吧。」蝴蝶君建議道，「那段日子，我總愛這樣的躺着，觀賞着天空。」

小蝶心裏知道，蝴蝶君口中所講的那段日子，就是他被關進勞教所的日子。

大樹底下好遮蔭。兩人就這樣躺下來，享受溫暖的陽光從層層翠綠的葉子縫隙中流下，享受樹上的蟲鳴。

一片蔚藍的天空，太陽高高在上，雲彩緩緩飄過，變化多端。

「中午了，」蝴蝶君說道，「還有半天左右的時間妳就要離開了，我們好好珍惜這段共處的時光吧。」

「蝴蝶君，你說什麼？」小蝶不明所指。

「妳忘了？這是妳的第七天，妳在生死過渡期的最後一天，過了今天，我們就要分道揚鑣，各走各路。」

「那你有思念的人嗎？」小蝶突然如此一問。

蝴蝶君皺一皺眉，望着小蝶。

「難道你沒有想再見面的人？一個都沒有？」小蝶再問。

「妳是說七日回魂的事情？」蝴蝶君反問道。

所謂「七日回魂」，就是亡靈死後七天之內可以重返陽間一次的機會。趁此機會，亡魂回家與親人見最後一面，告別生界的一切。

「是呀。」小蝶答道，「你不是說過，七天以後，我們就會把生前的記憶通通都忘記嗎？所以趁着你對親人還殘存懷念，去見見他們啊。我這幾天多麼渴望能見到自己的親人，但是原來我一個親人都沒有。」

「我也沒有！」蝴蝶君冷然回應，「我無父無母，無親無故，沒有人想見。」

「看來我們都要錯過這個機會了。」小蝶幽幽說道。

是的，他們真是同病相憐，兩個生前都是孤獨個體，一個是族群裏的最後生還者，一個是遭父母遺棄的孤兒。

　　同是天涯淪落人，不知是從那一刻開始，小蝶對蝴蝶君產生了一絲絲莫名的好感。

　　「既然來了，就讓記憶慢慢地消失吧。」小蝶微笑說道。

　　「對呀，」蝴蝶君說道，「反正有時候，忘記總比記起好。」

　　微風輕輕吹來，送上青草的香氣，十分寫意。

　　「這裏環境好，天氣又好，很久已沒有享受過這麼溫暖的陽光，這麼清涼的風，還有鳥兒在唱歌，最重要的，還有妳在我身邊！」

　　蝴蝶君凝望着小蝶，一臉滿足地笑了。

　　小蝶低下頭，臉頰驀地紅了起來，她深深地吞了一口氣，靦腆地對蝴蝶君一笑。

　　蝴蝶君收回了目光，輕咳了幾聲，連忙找個話題說：「說說妳吧，來了這麼幾天，覺得怎樣？」

　　小蝶思考了一會回答道：「有一個問題我一直想不通。」

　　「什麼問題？」蝴蝶君問道。

　　「過去幾天來了很多人，男女老少都有，他們看來都很傷心，跟我說什麼難過呀後悔呀諸如此類的事情。我不過是一隻蝴蝶吧，一隻微不足道的小昆蟲，對於我的死，人類為什麼會這麼惋惜，紛紛前來弔唁？」

　　「妳一點都不微不足道，」蝴蝶君馬上回應道，「妳以為昆蟲就是微不足道嗎？妳知道嗎，在生態平衡中，昆蟲是扮演着一個非常重要的角色的。」

　　「為什麼？」

　　「先不說妳，說蜜蜂。」蝴蝶君說道。

　　「蜜蜂比我更早滅絕了。」小蝶回應道。

　　「對呀！你知道蜜蜂對人類有多重要嗎？」蝴蝶君問道。

　　小蝶搖搖頭，聳聳肩。

　　「以前有一位偉大的科學家，他叫愛恩斯坦，他生前就預言過，蜜蜂一旦滅亡，人類也會跟着在四年之內滅亡。」蝴蝶君說道。

　　「這話怎麼說呢？」

「你知道嗎？世界上有七八成的農作物都要靠蜜蜂來授粉，準確來說，在一千三百多種的農作物中，包括許多水果蔬菜鮮花等，有超過一千種是要靠蜜蜂授粉。蜜蜂數量減少，農作物的產量就會下降。蜜蜂一旦消失，農作物就會首當其衝，農作物是人類的主要糧食來源，所以，你想想，一旦蜜蜂滅絕了，人類是不是也必然會面臨生存的危機？」

「哦。」小蝶還在消化着蝴蝶君的答案。

「蜜蜂自古就存在了，它的存在伴隨着地球生命的發展，例如在六億年前的白堊紀時期，植物發展相當繁榮，那和蜜蜂是息息相關的。全世界本來至少有三分之一的糧食需要依賴蜜蜂傳播花粉，所以蜜蜂一直以來都是被視為解決糧食短缺問題的好幫手。理論上，世界人口愈來愈多，蜜蜂的數量也必須同樣增多，才能滿足人類愈來愈大的食物需求，但是現實的情況剛好相反，當蜜蜂滅絕了，結局更是可想而知。」

「那必然是個悲哀的結局。」小蝶回答。

「對呀。蜜蜂滅絕了，整個農業就會癱瘓。要直接感受蜜蜂滅絕對人類生活的影響，走進一家超級市場裏就知道。超級市場裏的貨品琳琅滿目，種類繁多，但你知道嗎？如果我們把所有蜜蜂副產品和需要經蜜蜂傳播花粉的食品都收起來，那麼超級市場裏超過六成的貨架都會被清空。本來蜜蜂滅絕了，還有蝴蝶，現在連妳也絕種了，靠誰來傳播花粉？」

「不能靠人手或機器嗎？」小蝶繼續發問。

「你知道成本有多高嗎？人類根本負擔不起。所以妳不要小看妳自己，你現在應該明白，為什麼那些前來弔唁的人那麼難過那麼後悔了吧。」

「你是說，跟蜜蜂一樣，蝴蝶的絕種，將會預計人類的滅亡？」

「不幸的是，這個過程已經開始了。」蝴蝶君冷然說道，「人類又一次進入了物種大滅絕的年代。愛恩斯坦說，蜜蜂滅亡，人類頂多能活四年，我現在跟你講，蝴蝶滅亡，人類的壽命只會剩下三年！就算生存下來，也會很痛苦，因為他們已經把自己逼進了一個孤獨的絕境。」

「不會吧？蝴蝶死光了，人類也會絕種？」小蝶將信將疑。

「連妳也不相信我？！」蝴蝶君的一條敏感的神經突然給撥動了，「我一生把妳當作知己，現在妳竟然懷疑我說的話？！」

蝴蝶君突然發怒，讓小蝶有點不知所措。

「我不是這個意思。我只是沒有想過這種事情。」小蝶輕聲說道。

怎知蝴蝶君的一腔怒火已給勾扯出來，厲聲喝罵道：

「我很多很多年前已經說過很多很多遍了，可是有人聽進耳朵去嗎？他們跟妳的反應都是一樣，『不會吧？蝴蝶死光了，人類也會死去？』哼，你們都當我是白癡嗎？我辛辛苦苦的為你們做了這麼多事情，難道你們一點感恩都沒有？蠢材，全部都是蠢材！」

小蝶無辜被罵，鼓着嘴巴，一言不發。

蝴蝶君惱怒不休地繼續說道：「我警告過你們不知多少次了！你們這邊說要保育，那邊還在繼續搞破壞，全都是自私自利的偽君子！死蠢！哼！現在自食其果了，活該！還說『不會吧？不會吧？』你們到底什麼時候才會清醒？！嗄？！」

空氣一下子凝住。

兩人僵着。

小蝶終於忍不住回敬一句：

「你幹嘛發我脾氣？」

然後撅起嘴巴，氣呼呼地走向墓碑。

　　蝴蝶君這才意識到自己剛才的火氣太重。無論如何，這都不能怪責小蝶的，這完全不關她的事，她也不過是個無辜的受害者，是人類文明背後的犧牲品。

　　看着小蝶站在墓碑前的孤獨身影，蝴蝶君突然哀傷起來。他感到後悔，雙手抱着頭，喃喃自語：

　　「對不起，我剛才一時氣上心頭，我太過分了，妳不要介意。」·

　　誰知他一抬頭，小蝶已起飛了。

　　他站起追前幾步。

　　「喂！妳去哪裏？」

　　可是小蝶已遠遠的飛走了。

　　這麼好的天氣，不去曬曬太陽採採花蜜那真太沒意思了，難道要待在這兒受你這古怪男人的氣？

　　蝴蝶君坐回樹下去，回想着剛才的情景，心裏十分懊惱。望着小蝶的墓碑，他的心又在隱隱作痛。每當失意，他總會拿起小提琴，自彈自唱，自我安慰。

泥土冰冷嗎？睡得安穩嗎？
何以沒說一聲，讓我孤單看落霞？
墓前沒有花，讓我撥開一片土！
用眼淚灌溉，一朵含笑的鮮花。

花開花落，人世間的離合悲歡，千生萬世在結疤。
讓我化作鮮花，給你靜靜的依偎，共看璀璨煙花。
讓我化作彩蝶，與妳雙飛共舞，觀賞瑰麗奇葩。

他漸漸地感到疲憊，眼皮也快要掉下來似的。不就是嗎？他昨晚都沒有好好地睡過，一整夜就是坐在這棵樹下守護着心目中唯一的朋友。他就是這麼奇怪的一個人，其實這不過是他長期以來的生活習慣而已。白天，他睡覺；晚上，他看看書、做做研究，多年來一直都是這樣。

現在既然來了這裏，壞習慣就得要戒掉。

「生活必須規律一點，人才會健康長壽。」他這樣告訴自己，想着想着，連自己也不覺失笑，人都死了，怎麼還會想到要健康些長壽些？思緒確實是一種很玄妙的東西，人的腦袋總是無時無刻的在胡思亂想，不是想東就是想西，千變萬化的念頭分分秒秒永不休止地在腦海浮動，不由你來控制⋯⋯

想着想着，蝴蝶君已打着盹兒晃晃悠悠的睡過去了。

「呼呼呼……嚕嚕嚕……」

　　儘管草地上的蟲子吵得很響，但蝴蝶君鼾聲如雷，把所有的噪音都給蓋下去了。

——— 09 ———

 # 空中幽靈動物園

瓦藍的天空，浮動着一層層如同薄紗般的白雲。

小蝶已飛到山坡的東面去，她居高臨下，鳥瞰整個海灣，山海一色，波光粼粼，遠眺是一望無際的大海，近岸地帶則是一片樹影婆娑、垂柳依依。在這春光明媚的日子，微風徐徐吹來，更是寫意無比。

欣賞了一會兒風景，小蝶又向草地那邊飛回去了，這次她繞過好幾個墓碑，分別停了下來，輕輕地用手敲了敲每一塊碑石。

這個時候，神奇的事情發生了！

只見遠遠近近的幾個墓碑前，分別揚起了白濛濛的輕煙。

這個墓前，白絲絲的煙霧中竟然跳出了幾隻小動物來。不仔細看還真看不出是些什麼東西。小蝶拍動着翅膀，停在空氣中，把手往下伸開，那些小東西便跳進她的手掌裏。

噢，原來是一大群非常細小青蛙，大概只有小蝶半隻拇指大小，一身淺淺的咖啡色，腹部呈白色，背上長了些交叉斑紋，兩眼中間還有一道黑帶紋，看來十分可愛。

小小的青蛙發出「嘓嘓」的叫聲，像是要向小蝶問好，但牠們的聲音實在太小了，小蝶要把小小的青蛙湊到耳邊才能隱約聽見。

那個墓碑前，淡淡的白霧中，又爭先恐後地爬出一大群綠色的小海龜。牠們大概是剛剛孵化出來的吧，不及小蝶半個手掌大，而且甲殼看來還是軟軟的。跟在這大群小綠龜後面的是兩隻巨大的海龜，四肢如船槳，十分粗壯，看來就是小海龜的父母。

小蝶歡喜地向牠們招手。這時，海龜一家便用他們那兩對又長又尖的鰭肢拼命地划，是的，牠們就是這樣在空氣中無拘無束的爬呀爬、划呀划，彷彿空氣就是海水。

煙霧繚繞之中，牠們急速地向小蝶那邊划過去，如同他們勇敢地迎着衝擊而來的浪花，向着無邊無際的深海進發一樣。

往後一點，在另外一個墓碑前方，迷離的煙霧中突然又有一大群大水鳥拍着翅膀一下子就飛出來了。大水鳥全身披上白色羽毛，脖子很長，頭上長了一張黑色的臉，嘴巴又長又扁，形狀有些古怪，像一個琵琶，又像一個湯匙。牠們一共十來隻，就這樣從空氣中飛撲而出，拍了兩三下翼，然後就站在半空停着不動，只是偶爾轉動一下那管彎彎長長的脖子，或拍拍那雙白色的翅膀，舉止看來十分高雅大方。

其中幾隻大水鳥，只靠一隻如竿子一般的腿站立在煙霧裏，另一隻腳卻提起了停住在空氣中，一動不動，兩眼緊盯着下方，彷彿在迷離的煙霧中看到一片水塘，留心着水裏動靜，只要一有游魚經過，就會馬上用那長長的嘴巴給啄食下去。

一時間，整個山坡瀰漫着一團團白色的霧氣，遠處的山頭和樹群都好像蒙着一層半透明的輕紗，似乎一切都在霧中飄浮着，讓人如置身在幻境當中。

那群大水鳥身後的另外幾塊墓碑，忽然又傳來咿咿呀呀的尖叫聲，然後，就在那淡淡的輕煙中，竟然游出一群巨大的魚來！

先是一群海豚，全身白裏透紅，像個初生嬰兒的皮膚，大的有三米長，小的也有兩米多，一共五六條，都長有背鰭，流

線形的身軀上下彎曲擺動着，看來是一家人，前前後後左左右右的在空氣中追逐嬉戲，時而依偎同游，時而翻騰跳躍，如同在碧波中自由自在、無拘無束地暢泳一樣。

　　然後，在海豚身後，突然又冒出一群樣子冷酷的鯊魚。牠們就是那樣一直在空氣中游來游去，時近時遠，時高時低，毫無停下來的迹象，其中一條轉了方向，愉快地游向小蝶身邊，用牠的鰭輕輕拍小蝶的腿，直到小蝶轉過身來抱抱它，輕輕撫摸牠，牠才心滿意足地離開。

　　還有一條身形龐大的虎鯨，身體黑白交加，背鰭高聳。只見牠突然縱身躍起，在空中劃了一道弧線，翻了個筋斗，身後灑落無數水花，似乎是要給小蝶送一個見面禮。

　　再稍遠一些的那個墓碑前，一片白茫茫的煙霧中，隱約又看見兩大一小的動物身影，牠們的毛色黑白相間，讓人一眼就看出來是大熊貓的一家三口。他們的動作很慢，一家人又摟又抱又親的，緩緩地朝小蝶這邊走來。

　　最後，在最遠的那個墳前，忽然傳來驚人的咆哮聲，然後一頭身形龐大的猛獸便從空氣中跳躍而出！那是一頭威猛的老虎，全身橙黃，佈滿黑色橫紋，四肢看來粗大有力，尾巴很長。老虎嗅了一下空氣，再發出一聲震耳欲聾的咆哮，便向半空中跑去，整個天空馬上變成一個讓他自由奔跑的大草原。

小蝶十分高興，這些都是她過去幾天所認識的新朋友。

現在大家又見面了。

整個山坡已籠罩着一片白茫茫的迷霧，遠遠望過去，如夢如幻，好像仙境一樣。這些動物各自找到了自己的快樂空間，飛的飛啊、跑的跑啊、游的游啊、跳的跳啊、爬的爬啊、划的划啊、站的站啊、叫的叫啊，無牽無掛，無憂無慮，互相追逐，嘻嘻哈哈，讓整個墳場的上空變得生氣勃勃。

小蝶飛來飛去，穿插其中，愉快地唱起歌來。

千里難尋是朋友，有了朋友不憂愁，
今日手牽手，永遠不分手，
以心印心，讓我們從此是朋友！

小蝶十分享受這快樂美好的時光。她才來了幾天，已經和大伙兒打成一片。她打從心裏歡喜，過去幾天，這些朋友消除了她內心的孤獨，尤其當她知道自己沒有親人，友情對她來說更加珍貴。這些動物也很喜歡小蝶，紛紛上前和她打招呼。興致來了，大家還一起高唱友誼之歌。

千金難買是知己，有了知己樂悠悠，
今日樂相聚，別後莫相忘，
以誠換誠，讓我們永遠是摯友！

大伙兒在談天說地，喜氣洋洋。小蝶忽發奇想，叫眾人聚攏起來，提議道：

「喂，你們跟我來吧，我給你們介紹一位新朋友！」

大家都感到十分好奇。

「新朋友？哪個物種又滅絕了嗎？」一隻小青蛙首先發問，但他的聲音實在太細小了，所以他只能先把話說給一隻小綠龜聽，然後小綠龜再把話說給他媽媽聽，最後才由海龜媽媽代表把話說出來。

「你們猜猜吧！」小蝶故作神秘地說道。

「嘎？什麼時候來的？」

「來了多久？」

「是魚類嗎？還是昆蟲？」

「是哺乳類嗎？還是爬蟲類？」

眾動物你一言我一語的追問着。

「都不是。」小蝶搖頭答道。

「會游泳的嗎？」

「會飛的嗎？」

小蝶搖頭失笑道：「你們還是自己去看看！跟我來吧！」

說着便起飛了。

大伙兒興致勃勃地跟着小蝶，飛呀跑呀爬呀划呀游呀，一窩蜂地向着大樟樹那邊奔跑過去了。

— 10 —

 最兇殘的物種

「呼呼呼……嚕嚕嚕……」

那邊，蝴蝶君仍在大樟樹下呼呼大睡，嘴巴微微張開，頭一磕一磕地晃着，眼鏡更掉下了一半來。

小蝶歡喜地飛了回來，一看蝴蝶君這副古怪睡相已忍俊不禁。

大伙兒陸陸續續地趕上來了。可是，就在大樟樹前不遠處的半空中，他們全部突然停住。

每張臉孔上盡是慌張的神色。

空氣也凝住了。

小蝶正要為大家介紹這位新來的鄰居，可是回頭一看，不禁大吃一驚！怎麼這些朋友全都停着不動，而且變得目定口呆？

從他們的眼神裏，小蝶只有看出兩個字 —— 驚恐！

「怎麼了？」小蝶奇怪地問道，「你們幹嘛？過來呀！」

眾動物仍是一動不動，屏氣斂息，神色凝重。

「你們害怕些什麼？」小蝶莫名其妙。

「小心！是人類！大家提高警覺。」那尾淺粉紅色的大魚打破沉默，向眾人作出警告。

「爸爸、媽媽，我好害怕。」小熊貓躲在父母身後嘟嚷着。

「別害怕，」小蝶忙加安慰，並指着仍在夢中的蝴蝶君說道，「他是我的朋友，他是好人，不會傷害我們的！」

大伙兒還是戰戰兢兢，不敢走近半步，並開始對小蝶懷疑起來。

這時，老虎從空中一躍下來，全身抖了兩抖，踱着方步，豎着尾巴，走到小蝶跟前，目光炯炯的盯着她說：「妳想怎樣？」

「老虎先生，難道你不相信我嗎？」小蝶惴惴不安地問道。

老虎哼笑了一聲，眼神充滿敵意，指着蝴蝶君，並用低沉的聲音向其他動物說道：

「別上當，那是世界上最兇殘的動物，他肯定會對我們不利的！」

動物群中馬上起了一陣騷動。

此起彼伏的驚恐聲。

「不會的！」小蝶急忙辯護道，「這個人的脾氣雖然有點古怪，但他心地善良，是個不折不扣的好人。相信我！」

動物之間又再交頭接耳一番。

「還是不要相信她！」一隻大水鳥用翅膀指着小蝶冷冷地說道，「她才來了幾天，現在又來了這個無惡不作的人類，說不定他們是同謀，帶着什麼邪惡的目的而來到這裏！」

「寶寶，快過來媽媽身邊！快！」海龜媽媽催促着幾隻小

海龜，然後用一種不太友善的目光望着小蝶喝道，「哼，妳竟然要出賣我們！」

小小的青蛙慌張得四處亂跳，最後竟跳到海龜媽媽的甲殼上面，並用趾端的吸盤緊緊地趴抱在海龜媽媽身上。

「可惡！」海豚憤怒地喝道，「她跟人類一樣奸險，一定是想先跟我們混熟了，然後把我們一網打盡！」

「不要誤會呀！」小蝶一臉急得焦黃地說道，「我不是你們想的那樣！請你們相信我！」

「別矯揉造作裝模作樣了！」虎鯨游前一步喝道，「我們該一早就看穿她的陰謀！」

「千萬不要給她欺騙！」另一隻大水鳥也憤怒起來，他的眉毛擰在一起，臉色像鐵一樣陰沉，大聲喝罵道，「你們看，她已長出了人類的手腳，哼！分明就是那隻魔鬼的走狗！」

這話一出，引來了更大的恐慌。

「我們已經上當了！」大熊貓媽媽哀傷地說道。

「快說！」老虎罵道，「妳怎麼會長有人類的手腳？」

「我——我不知道。」小蝶看着他們直搖頭，一臉無辜。

「哼！我們都絕種了，」海龜媽媽插上一句，「這些人類為什麼還要找上來？」

「恐怕災難快要降臨到我們的身上了！」大水鳥驚慌地說道。

大家你一言我一語，又再議論紛紛起來。

鯊魚游向小蝶，目露兇光，在她身邊擦身而過，小蝶甚至能清楚看到鯊魚頭部側邊的鰓裂，一開一合地在呼吸。

「妳到底是誰？妳帶這個人類來幹什麼？」鯊魚沖她怒吼着，「快老老實實的告訴我們，否則不要怪我對妳不客氣！」

「沒有！我一點惡意都沒有的。」小蝶真是百詞莫辯，她的眼淚馬上就要湧出來了。

這時，大熊貓爸爸走出來，示意大家先冷靜下來，他看來有話要說。

於是大家便安靜下來。

大熊貓爸爸用沉實的語氣說道：「不是所有人類都是邪惡的，我相信他們當中也有一些是好人。」

小蝶期待事情出現轉機，強吞回了淚水。

「大熊貓爸爸，你瘋了？」可是大水鳥隨即發出反對聲音，並朝小蝶嚷道：「你竟然相信她，這半人半蟲的怪物？」

大熊貓爸爸解釋說道：「我們一家曾經受過人類的恩惠，他們為我們蓋了一個舒適的家。」

「咄！胡說八道！」海龜媽媽湊近了小蝶，把嘴巴使勁一咧，「你知道那些人類怎麼對待我？我多辛苦從大海爬上岸才生了一窩蛋，我已經筋疲力竭了，才睡了一會兒，到我睜大眼睛，我們的蛋呢？不見了！通通都是人類偷去了，那是我的親生骨肉呀，那些恐怖的人類居然拿來放進自己貪婪的嘴巴，來填飽他們從不滿足的肚子！你說他們多殘忍！」

「對！」大水鳥馬上點頭附和，「我們在濕地那邊有一個溫暖的家，每年冬天，我們都會從老遠的北方飛過來避寒，可是有一天，我們飛回來的時候，竟發現人類已把我們美好的家園夷為平地！我們的溫暖的家啊，竟然變成了銅牆鐵壁的高樓大廈！最後，我們有家歸不得，迷路的迷路、失散的失散、餓死的餓死！多慘呀！」

「哼！」另一隻大水鳥有感而發，「人類最惡毒的一招，莫過於把那些高樓大廈變成一面面巨大的鏡子，這些鏡子反射天空倒影，迷惑着我們，讓我們迎頭飛去猛烈撞擊當場集體死亡！」

小蝶使勁的搖頭，有口難言的樣子。

一尾海豚突然覺得一腔怒火給勾了起來，霍然一跳，游到小蝶身邊，狠狠啐了一口：「我們來自大海，以為可以跟居住在陸地上的人類各不相干，但我們這個想法太天真了。人類把污水和有害的化學品直接排放進大海，我們一張開嘴巴，就如同喝下毒藥一樣！」

「還有大量的填海工程，」另外一尾海豚氣得臉色發青地說：「這邊又蓋大橋、那邊又挖隧道，人類那樣做無非就是要把我們趕盡殺絕！」

鯊魚挪向小蝶的耳根子喝罵道：「我死無全屍，全身的魚鰭都給割下來就給扔到海裏，活活的死在海底，死不瞑目。」

巨大的虎鯨悲從中來，哭着說道：「我死前幾個月，吃不好，睡不好，經常嘔吐，甚至嘔血，死的時候，我的胃吐出了幾十公斤的塑膠垃圾！我死得好慘，好辛苦！」

虎鯨眼裏閃爍着一股無法遏止的怒火，牙齒咬得格格作響。

「對不起，我不知道你們過去有這麼慘痛的經歷。」小蝶感到難過，相比起來，她似乎幸福得多，因為她一生都是在蝴蝶君為她量身訂製的玫瑰園內舒適地生活，她開始明白為什麼這

些朋友會把人類看作是深仇大恨的敵人。但是那隻老虎呢？他體型龐大，而且有着尖銳的牙齒和鋒利的爪，人類怎麼說也應該鬥不過他呢？照道理看來，人類害怕老虎才是，現在怎麼反過來是老虎害怕人類呢？

於是，小蝶冒昧問道：

「威猛的老虎先生，難道你的絕種也是人類造成的嗎？」

老虎打鼻子眼裏冷笑了聲說道：「人類狹隘的心，長久以來都容不下比他們強悍的物種。他們要稱霸世界，便得剷除異己，愈是比他們強的動物，他們愈是要想盡辦法去征服、去毀滅牠們！所以，在我們這裏當中，雖然我是最兇猛的，可是我也是最早絕種，最早在世界上消失的。」

這真是個天大的諷刺！

小蝶感到十分為難，她後悔把這些朋友帶到這裏來。她怎樣也預計不到，眼前這個蝴蝶君會激起大家這麼多痛苦的情緒。她真的很難受，很苦惱，現在她該怎麼辦呢？

就在這個時候，蝴蝶君已被他們的聲音吵醒了。

── 11 ──

 報仇雪恨的時機

蝴蝶君一睜開眼睛，馬上被眼前的景象嚇呆了！

「我在做夢嗎？我不是在做夢吧？」

他半信半疑地擦着眼睛，這些動物不是都早已絕種、從地球上消失了嗎，怎麼現在都回來了，通通都回來了？

「啊，你們就是盧文氏小樹蛙是不是？你們真的很小，很玲瓏，很漂亮！」他伸手指着幾隻小小的青蛙說道，目光閃爍着驚喜的神采，然後又指着其他動物，如數家珍地把牠們的名字逐一說出。

「綠海龜、黑臉琵鷺、中華白海豚、鯊魚、虎鯨，你們當

然就是四川大熊貓了、還有你，中國華南虎！想不到我們能見面，太好了！」

他霍然站起，熱情地迎上前去。

可是，蝴蝶君一站起來，這些動物連忙往後退。對於人類，沒由來的從心裏升起了一抹恐慌。

小蝶飛上前去，焦急地對蝴蝶君說：

「蝴蝶君，這些都是我的好朋友。你快跟他們說，你是不會傷害他們的！」

「當然了！」蝴蝶君回應道，「我能親眼見到他們，這是我生前做夢也想不到的事情，求之不得呢，我又怎會傷害他們呢？」

記憶中，蝴蝶君只有從圖片或錄像中才見識過這些珍貴的動物，現在牠們全部一起活生生的出現，有幸讓他一睹廬山真貌，那是多麼讓人振奮的事情。

他再走前兩步，滿心歡喜，恨不得親手去觸摸一下這些寶貴的生靈。

可是這些動物被嚇得連忙往後退。

「你們怎麼了？他是好人，他不會傷害你們的。」小蝶一副氣急敗壞的樣子。

這時，大熊貓媽媽沉聲說道：「我們都給出賣了！」

大水鳥怒目圓睜，眉毛豎起，頭上的羽毛根根立起，嘴裏噴出刺耳的聲音：「報仇吧！」

「好！」眾動物一致叫好。

「現在我們人多勢眾，不需要再害怕這些人類！」

「今天就是報仇雪恨的日子！」

「是這些人類把我們都給害死了，要他一命填我們這麼多條命，那便宜了他吧！」

「哼！今天就要他十倍奉還！」

眾動物你一言我一語的激烈討論着。

鯊魚已氣得不行，厲聲喊道：「你們還愣着幹嘛？動手吧！」

「哼！先把這隻半人半蟲的怪物給殺掉！」海龜爸爸把矛頭指向小蝶，「畢竟不管怎麼看，誰都看得出來，這個女孩跟人

類是一伙的，兩人的關係非比尋常。」

「是！格殺勿論！」虎鯨叱喝道。

這時，老虎打了個眼色，大伙兒便朝小蝶圍了上來。

小蝶驚慌後退，一行熱淚已順着面頰滾下來。

老虎吐出一條血紅的舌頭，舔了舔尖刀般的牙齒，正要飛撲過去。

蝴蝶君奮不顧身的將小蝶拉到了身後，然後站了上去，指着自己的胸口說道：「來啊，殺我，她是無辜的，放她一馬吧！」

眾動物不由得疑惑了，這傢伙到底是搞什麼？

「老虎，殺死他！」鯊魚大聲喊道。

蝴蝶君合上眼睛，雙手抱在身後，一副任由宰割的模樣。

「不要啊！」蝴蝶君身後的小蝶忍不住發出驚呼，「求求你們！不要殺他！」

「老虎，不要猶豫，殺死他們！」眾動物在一旁起哄。

老虎咆哮一聲，張着血盆似的大嘴，縱身一躍，直向蝴蝶君撲去！

「啊──！」小蝶大叫一聲。

大熊貓爸爸突然衝前，以自身的衝擊力將撲向蝴蝶君的老虎騰空撞下。

所有動物全都愣住，就連老虎也微微一頓，他從地上重新站起，望着大熊貓爸爸斥責道：

「你幹嘛？！這裏沒你的事，退下！否則連你也不放過！」

大熊貓爸爸顯然給撞傷了，肩膀一沉，卻仍強忍住痛楚，以低沉的聲音向老虎說道：

「得饒人處且饒人，殺了他又如何呢？」

「不殺了他不足以洩我心頭之恨！」老虎滿腔怒火。

「敢問一下，你自己就從來沒殺過任何動物嗎？你從來沒殺過羚羊，沒殺過斑馬？」大熊貓爸爸冷靜地說道。

「有呀！」老虎坦蕩蕩的承認。

「既然如此，那也莫怪人類了。」大熊貓爸爸黯然說道，「冤冤相報何時了，倒不如一切到此為止，饒過他們吧。這人也已經死了，別再把這個怨恨延續下去。而且，要是今天把他給殺了，我們也逃不過被審判的命運，天界升不上去，地獄之門卻為我們敞開。」

老虎沉着氣，那憋得通紅的臉像個熟透的番茄，他使勁兒咽着唾沫，把竄到喉嚨眼兒的火苗硬壓下去。

一眾動物也沉默下來，不敢作聲。

然後，老虎走前兩步，朝小蝶身上狠狠的打量一下。

「無恥！」

「啪」的一下，小蝶臉上已着了一記響巴掌，她頭一歪，另一邊馬上又挨了一巴掌。

臉上一陣陣的熱，如同針刺一般。

老虎這才算出了一口惡氣。

「走！」

老虎一聲令下，所有動物一起撤退。

臨走前還轉過頭來，憤怒地望向小蝶。

那瞬間，小蝶直瞪瞪地看着朋友的背影，露出怎麼也抓不住要領的神情。她撫着發燙的臉蛋，強忍住眼淚，追在後面叫了幾聲也沒有答理。她還未完全意識到底發生了些什麼事情，這些動物已化成一縷縷的輕煙，最後在空氣中消失得無影無蹤了。

明明是多麼要好的一群朋友，怎麼突然都離她而去？她怎麼也預計不到今天的情況會變得如此糟糕，她有做錯了些什麼事嗎？怎麼這些朋友都不再相信她了？事情弄到這個田地，到底是誰的錯？

空氣彷彿凝固了。

她愈想愈氣，渾身發抖，臉色鐵青憋着氣，衝向大樟樹前，一腳向大樹踢去，把噴怒化作一聲震人心肺的怒吼，然後大發脾氣，轉身指着蝴蝶君罵道：

「你說呀！你到底是好人還是壞人！？」

蝴蝶君垂下頭來，無言以對。

「你為什麼不說話？你心裏有鬼，答不出來嗎？嘎？」

　　小蝶不忍心地說出這些話。她本來就認為蝴蝶君是個好人，但確實就是他這個「好人」一來，就讓她失去了所有的朋友！

　　千里難尋是朋友，有了朋友不憂愁，
　　今日手牽手，永遠不分手，
　　以心印心，讓我們從此是朋友！

　　千金難買是知己，有了知己樂悠悠，
　　今日樂相聚，別後莫相忘，
　　以誠換誠，讓我們永遠是摯友！

　　小蝶的內心奏起一段心曲，種種混亂的思緒在腦際翻騰，心中像壓着一大塊石頭，最後終於忍不住放聲大哭。

　　蝴蝶君也被這傷感的氛圍壓得透不過氣來。

　　半晌，小蝶才平靜下來，鬱鬱不歡地飛回樹上，把自己隱蔽在枝葉間，她需要冷靜，她還需要時間思考剛才到底發生了什麼一回事。

　　樹下，蝴蝶君幽幽說道：

　　「如果妳痛打我一頓可以洩恨，會比較好受一點，那妳就打我吧。」

小蝶默然無語。

「是的，」蝴蝶君又說道，「這裏是『滅絕物種紀念墳場』，作為人類，我是不受歡迎人物，我是不應該來的。我完全明白牠們對人類的深仇大恨。是誰讓牠們生前每天都活在驚慌與惶恐中？是誰把牠們的家園都給摧毀？是誰把牠們趕盡殺絕？造成牠們家破人亡，絕子絕孫，永遠消失？人類對牠們造成的傷害實在是太大了！」

突然，蝴蝶君把睡衣的衫袖拉高，露出了手臂，說道：

「看！我們已經受到應有的懲罰了。」

小蝶往下一看，登時駭住，只見蝴蝶君的兩隻手臂疤痕累累，看來是給烈火燒過一樣。

這是怎麼回事？蝴蝶君的手怎麼傷得那麼厲害？

「那一次」，蝴蝶君幽幽說道，「就在那個『明日地球』超級填海大工程的動土儀式上，我堅持用絕食進行抗爭，期望喚起世人的關注，因為他們正要摧毀的不是一般的土地，而是世界上碩果僅存的一片蝴蝶棲息地，我希望他們能夠手下留情，改變初衷，不要破壞那塊不可多得的人間淨土。」

「你這瘋子，竟然為了那些無關緊要的蝴蝶而企圖阻礙社

會發展！神經病呀你！」

這是布魯圖當時罵他的說話，到現在還記憶猶新。

聽到這裏，小蝶已心軟下來，她從樹上降下，倚在自己的墓前，傾聽蝴蝶君的過去。

「絕食的第一天，還可以忍受，到了第二天，感到有點頭暈，沒力沒氣的，第三天，已經受不住了。布魯圖召了警察來清場，驅趕示威群眾，我於是偷偷地爬進了工地後那塊即將被摧毀的樹林，我想要找到蝴蝶，我是有備而來的，一早準備好工具，我要把一些珍貴的蝴蝶品種移送回去研究院進行繁殖。我找了很久，最後終於找到了，那是極其珍貴的『鳥翼』，我攀上那個大樹，小心翼翼的把她們捉進我的籠子，最後一共捉了五隻。可是一不小心，我失足跌了下去受傷昏迷，雙手直接暴露在陽光下，當時還沒有發覺，事後才知道事情不妙，紫外線的無形傷害可真不簡單，我昏了才不到一個小時，就那麼幾十分鐘，往後的創傷已無法彌補。那個晚上，皮膚色素開始沉着，皮膚出現潰瘍，整個晚上疼痛得不得了，就像有人拿着火把在燒我的手。第二天，手變得腫脹，醫生說是三級灼傷，往後幾天，痛楚減退了，留下這些恍如燒傷的疤痕，永不磨滅。幸好，我最後還是安全的把幾隻蝴蝶帶了回去。」

「你就是為了救蝴蝶，讓自己傷成這個樣子？」小蝶搖頭歎息，一臉關心的問道。

蝴蝶君無奈苦笑。

「值得嗎？」她上前細看蝴蝶君手臂上的傷痕，關切地問道。

「值得呀。」蝴蝶君想了想又說，「而且是必須的。」

「你太傻了，竟然為了幾隻蝴蝶而不顧自己的安危？」小蝶說道。

蝴蝶君傻傻一笑，說道，「這幾隻蝴蝶，就是妳的祖先，經過幾十代的培育，最後才有了妳。」

小蝶望着傻兮兮的蝴蝶君，內心暗暗激動，眼眶裏翻動着淚水。

「嘿！都說過去的事別再提了。人最緊要是活在當下，活得自在。」蝴蝶君看看天空，心裏算了一下，「還有幾個小時，我們將要各散東西了，這樣吧，我帶妳去旅行，去散散心好嗎？」

「啊？」小蝶問道，「去哪裏？」

「去一個妳從來沒去過的地方。」

蝴蝶君邊說話邊從他的手提包裏拿出一個迷李小立方體的灰盒子，然後把它安穩地放置在地上。

「這是什麼？」小蝶好奇地問道。

這其實是一部微型電腦，盒子上有不同光點，蝴蝶君熟練地按動幾個光點，空氣中就投射出一個虛擬立體顯示螢幕，畫面上有一列列文字和不知名的符號，一明一暗的閃動着。

蝴蝶君微笑不語，用指頭遙控畫面上的文字與符號，讓畫面逐漸呈現出一幅原始世界的清晰景象。這是一種全息投影技術，利用光學原理把物體真實重現的三維圖像投影技術。這時的全息投影技術已十分純熟，不借用任何介質，只通過空氣中的電離作用製造光的折射，就能實現三維圖像高清投影。

蝴蝶君隨手又拿出兩個眼罩，讓自己和小蝶戴上。

「這到底是什麼呀？」小蝶追問。

「別問了，戴上它。我們出發吧！」

那其實是功能強大的虛擬實境眼鏡。就這樣，在蝴蝶君的引領下，小蝶進入了一個栩栩如生的虛擬空間。

— 12 —

 毀滅世界的冰河

浪聲，風聲。

一陣白浪湧來，像雲一樣，在小蝶的腳下溶化了。不知不覺間，她就發現自己被一片海水包圍。舉目遠望，無邊無際的大海，那看來是個荒蕪的原始世界。

「歡迎來到四億五千萬年前的地球 —— 奧陶紀時期。」一把電腦合成語音在耳邊響起。

「奧陶紀？」小蝶好奇地問道。

與此同時，她的眼前浮現出一個立體人像，那是蝴蝶君的虛擬影像，時明時暗，但頗真實。她再看看自己，原來自己也

已變成一個虛擬影像。就是這樣，兩人已化身為虛擬人物，彼此能在虛擬世界裏進行探索，並進行角色互動。

「是的。」虛擬蝴蝶君以合成語音回應道，「這是地球的遠古時期，延續了大概六千五百萬年。」

只見四周已被淺淺的海水覆蓋。

「都是水呀？」小蝶踢了幾下水，感覺新奇。

蝴蝶君說道：「四億五千萬年前的地球看上去就是一片汪洋，陸地比例很少，因為氣候適合，初步的海洋生態已經成形，植物以海生藻類為主，而海生無脊椎動物也已開始大量繁殖起來，代表的生物包括三葉蟲、鐮蟲、苔蘚蟲、介形蟲等等。」

小蝶望向清澈見底的淺海中，果然發現了許多奇形怪狀的生物，除了三葉蟲和鐮蟲，還有海百合、葉蝦，和一些薄殼類和海綿類生物，它們在珊瑚中穿梭，生氣勃勃。沒有蝴蝶君從旁解讀，小蝶哪裏知道這些遠古生物的名字。

「來，我們到海底去看看。」

「不行！我不會游泳的。」

「你別這麼認真，你現在看到的不過是幻象而已。跟我來吧，你不會淹死的。」

「不行不行！我怕水，我怕……」未及小蝶說完，蝴蝶君已一手把她拉到海底裏去了。

海水不深，陽光十分充足。海底除了原始珊瑚，還有古老的海星和牡蠣等軟體動物，偶爾還有一些原始魷魚在海底快速游過。

「怎樣？」蝴蝶君問小蝶，「不害怕了嗎？」

「嘩，想不到我的第一次旅行是在古代的海底。」小蝶歡喜回答道。

突然眼前有一個黑影掠過。小蝶一看，那是一隻巨大的螺，這隻螺比小蝶和蝴蝶君還要大，乳白色的外殼長有紅褐色的條紋，突出來的頭部特別大，而且長出了許多觸鬚，這些觸鬚能噴吐水流，讓巨螺自如地在水中迅速游動，驟眼看就像一隻帶着殼的巨大章魚。

「嘩！蝴蝶君，這是什麼？」小蝶驚訝地問道。

「它叫鸚鵡螺，」蝴蝶君答道，「這些巨型的螺在奧陶紀時期大量出現，由於身體巨大，而且屬於肉食類動物，所以成為

了奧陶紀時期最兇猛的海洋生物。」

　　只見巨螺的觸鬚一收一放的加速前進，原來牠已看中獵物，那是前方一群游動着的三葉蟲。不消片刻，巨螺已追趕上去，並一口的把一大群三葉蟲通通吞進口中。

　　「大自然法則，向來都是弱肉強食，適者生存。」蝴蝶君說道。

　　小蝶從未見過這般景象，眼界大開。

　　「蝴蝶君，這個時期出現在地球的都是這些低等生物嗎？」她問道。

　　「脊椎動物也開始出現了，例如『甲冑魚』、『豐嬌昆明魚』和『薩卡班巴魚』，牠們算是地球上最古老的脊椎動物。」

　　「除了海洋，陸地上也有生命嗎？」

　　「奧陶紀時期以海洋生物為主，牠們是現代動物的最早祖先。這一時期仍然沒有任何動物種類生活在陸地上。」

　　在蝴蝶君一邊解說的同時，四周環境已出現了微妙的變化，眼前的景象分解成為無數個獨立的色彩小方格，這些色彩小方格不規則地移動着，上下左右，然後像各自歸位般重新

拼貼，整合出一個全新的畫面。

那是一個冰天雪地的畫面。

蝴蝶君的合成語音繼續解說：「奧陶紀時期是火山活動和地殼運動比較劇烈的時代，同時也是氣候分異、冰川發育的時代。」

只見大片大片的雪花，已從昏暗的天空中紛紛揚揚地飄落下來。

「好冷啊！」

突如其來的嚴寒，冷得小蝶直打哆嗦，彷彿置身在一個密封的冰箱裏。

「一千萬年過去了，」蝴蝶君說道，「我們已來到了奧陶紀末期。」

霎時間，整個天地已全都籠罩在白濛濛的大雪之中了。

蝴蝶君解釋道：「奧陶紀末期，地球進入冰河時期，大片的冰川使洋流和大氣環流變冷，整個地球的溫度下降，冰川鎖住了水，海平面漸漸降低，原先豐富的沿海生態系統遭受嚴重破壞。」

「我剛才見到的海洋生物都因此被冰封在海底而死去了嗎？」小蝶驚詫地問道。

「是的。」蝴蝶君點頭答道，「這是地球史上第一次的物種大滅絕，導致百分之八十五的海洋生物滅絕，地球從此進入了一個死氣沉沉的黑暗時代。」

天格外地冷，似乎連空氣都要被凍僵。風雪打在小蝶的臉上，如同針扎一般，冰涼刺骨。

「這裏太冷了！蝴蝶君，我們走吧！」

小蝶黯然下來，她的心裏正為那些逝去了的海中生靈而難過。

—— 13 ——

 魚類的時代

　　頭頂是湛藍的海水和成群結隊、絢麗多彩的魚群，有狐狸魚、圓燕魚，還有章魚和許多不知名的游魚，大大小小，形態各異，遠遠近近的游來游去。腳下可見氣泡珊瑚、萬花筒珊瑚、海蘋果、海葵、海星等海牀生物。與剛才單調的浮游生物世界相比，這裏的大海絢麗多彩，氣象萬千。

　　不知不覺間，小蝶發現自己竟已置身在浩瀚神奇的海洋深處。

　　「蝴蝶君，我們現在在哪裏？」小蝶好奇地問道。

　　「歡迎來到『魚類的時代』。」蝴蝶君以合成語音答道。

「魚類的時代？」

「八千萬年很快又過去啦。」蝴蝶君風趣地說道，「這是四億年前的地球，屬於泥盆紀時期。這個時期，地球的地理面貌產生了巨大的改變，陸地上首次出現了森林，由於沒有植食性動物，森林很快遍佈全球，但是陸地上還未演化出高級動物，只有少量節肢動物和從鰭類演化而來的四足脊椎動物，他們是兩棲類和爬行類的祖先。大部分動物仍然生活在海洋，各種類別的魚類空前發展，相當繁盛，理所當然變成了海洋的主宰者，所以這個時期又叫『魚類的時代』。」

「很漂亮的海底世界啊！」小蝶驚歎道。

鮮豔奪目的海葵隨着水波而搖曳生姿，若隱若現的水母在水中自由自在地漂浮，五彩魚群擦身而過，小蝶感覺到自己宛如置身萬花筒之中，這海底世界實在美得叫人驚訝！她隨着魚群游泳，把自己幻想成為一條五彩斑斕的彩紋魚，潛進珊瑚礁群裏探索新奇，這突然卻讓她倒抽一口涼氣，原來在珊瑚礁群底下竟隱藏着一條緩緩游動着的鯊魚。

「蝴蝶君，那是鯊魚嗎？」小蝶向着蝴蝶君那邊喊道。

「是，那是遠古的原始鯊魚！」蝴蝶君答道。

「難怪跟我之前那個鯊魚朋友不太相像，原來牠們這麼早已經出現在地球了。」

只見鯊魚已游出珊瑚礁，優雅地輕擺尾鰭，順着水流游弋，好不自在。

蝴蝶君又說：「鯊魚在恐龍之前已經來到了這個地球，統治了海洋。」

「但是最後都敵不過人類的滅殺？！」小蝶沖着蝴蝶君微笑說道。

「你錯了！」蝴蝶君微笑答道，「這個時期人類還沒有出現。」

「那麼，鯊魚是這個時期最大的海洋生物嗎？」小蝶又問。

「不算。」蝴蝶君答道，「比鯊魚更大更兇猛的是『鄧氏魚』。」

「鄧氏魚？」

那邊，突然一個巨大的黑影沖了出來，同時捲起一股異樣的水流，鯊魚還沒有看清楚那是什麼，身體已經被咬成了兩截！那龐大的怪物咬住鯊魚的一截身體，一仰頭，便囫圇吞入

了肚中；緊接着，它換了一口氣，拖着鯊魚的另一截身體沉入水底，遠遠地游走了，只留下一大片被血染成殷紅的海水。

小蝶看着眼前一切，慌張得要命。

「蝴蝶君，這⋯⋯這龐然大物就是鄧氏魚嗎？」聲音聽來有些顫抖。

「是的，」蝴蝶君說道，「牠們身長超過十米，體重達四噸，咬合力相當驚人，足以將鋼筋咬得粉碎。牠們有一個特徵，就是全身覆蓋着堅硬的硬殼，還有一個包裹着甲板的堅硬頭部，看起來就像一頭兇暴的猛獸，是這個時期海洋中的頂級掠食者。」

「幸好牠沒有發現我們，否則我們一定粉身碎骨。」小蝶說時猶有餘悸。

「別害怕，我不是跟妳說了，這裏的一切並不是真實的。」蝴蝶君笑道。

這時，小蝶感到海水愈來愈暖，甚至有點燙。

「蝴蝶君，」小蝶問道，「你感覺到嗎？水很燙。這是什麼一回事？」

「啊！」蝴蝶君想起來了，指着遠處海牀上的一道裂縫說道，「妳看！」

「那是什麼？」

蝴蝶君歎了一聲說，「一場災難已經開始了。這些海洋動物本來還是好好的悠閒地生活着，就連最強大的鄧氏魚，也沒有意識到，滅頂之災即將來臨。」

「你這是什麼意思？」小蝶奇怪地追問。

「三千萬年又過去了，」蝴蝶君解釋道，「這次災難的罪魁禍首是岩漿。三千億立方米的岩漿由於不明原因脫離了地球外核，從海牀噴湧而出，讓海洋生物遭到重創。」

蝴蝶君所說的，是大約三億七千萬年前的一天，地球忽然開始劇烈晃動，同時，大量高溫氣體從西伯利亞地區的海牀裂縫中噴出，這導致附近的海水開始沸騰，殺死了大量生物。然後，大量的岩漿繼續噴湧而出，滾落的岩石很快就摧毀了附近所有的珊瑚礁和其他生物。

「岩漿不僅使海水溫度大幅升高，燙死了成千上萬的生物，還污染了整個海洋。」蝴蝶君繼續說道，「岩漿中的有毒物質與海水發生化學反應，使海水發生酸化，大量動物因無法呼吸而死亡。」

小蝶吃驚地聽着這些恐怖的描述。

「之後，海水中的污染物更擴散到了大氣中，其中大部分是溫室氣體二氧化碳。這導致全球氣溫迅速升高，同時摧毀更多的珊瑚，因為它們無法在高溫中生存，地球再次進入黑暗時期。災難發生一百五十萬年後，地球開始了第一場降雪，大雪持續了數年，覆蓋了緯度大於四十五的所有地區，冰冷海水中的生物大量死亡，因為它們無法適應這種從高溫到低溫的快速變化。災難發生二百萬年後，寒冷的天氣過去了，岩漿也不再噴發，但地球的生命迹象幾乎全部消失，地球需數十萬年才能恢復以往的生機。這次物種滅絕是地球史上持續時間最長的自然災難，包括頂級掠食者鄧氏魚在內的所有盾皮魚，首種胎生脊椎動物艾登堡母魚、陸地脊椎動物的祖先真掌鰭魚和提塔利克魚以及所有頭甲魚都在這場浩劫中滅絕了。」

「自然災難的威力太強大了！」小蝶不禁發出如此驚歎。

「是的，自物種開始以來，狂暴的自然災害一直伴隨人類生活，它們威力之大，足以把整個地球的生命摧毀！所以，遠古的人類都很崇拜自然，敬畏大自然的一切。」

「那個時候，人類已經出現了嗎？」小蝶發問。

「沒有，這裏是泥盆紀時期，連恐龍也還沒有出現。」蝴蝶君答道。

「那麼恐龍是什麼時候出現的呢？」

「要再過三億年牠們才出現。」

「三億年！？快，帶我去看看！」

「我們還有第三和第四次的物種大滅絕沒看呢？」

「不看了，我想要看恐龍。」

「好吧。」蝴蝶君說道，「不過至少讓我簡單的給妳講述一下情況，讓妳多了解了解。」

「好吧，大教授。」小蝶微笑說道，「我當洗耳恭聽，不要白費您多年以來的研究心血。」

「簡單說說好了，」蝴蝶君微笑說道，「第三次的物種大滅絕發生在二億五千萬年前的二迭紀末期，那是地球史上最大規模，也是最嚴重的一次生物大災難，當時地球發生了一場史無前例的超級火山爆發，大量的生物被蒸發掉，整個海洋和陸地的生命迹象基本消失。」

「又是一場威力龐大的自然災難。」小蝶插了一句。

「是的。」蝴蝶君說道，「而第四次的物種大滅絕則發生在

距今一億九千萬年前的三疊紀末期，這次災難的罪魁禍首是岩漿。大量岩漿由於不明原因從大地噴湧而出，在地表形成一道兩千五百多米的巨大裂縫，把盤古大陸分成兩半。岩漿擴散的速度極快，所到之處，一切生命都被摧毀。岩漿同時燒毀了大片森林，形成滾燙的蒸汽和二氧化硫、二氧化碳等有毒氣體，加上忽冷忽熱的極端氣候，連下數萬年的酸雨，造成空氣中極低的含氧量，這些因素疊加在一起，破壞了食物鏈的基礎，構成了第四次物種大滅絕，地球上超過八成生物徹底消失。」

小蝶感歎了一聲，詫異問道，「蝴蝶君，你心目中的旅行就是這樣子的嗎？我本來帶着愉快的心情跟你來遊玩的，現在我的心情可變得愈來愈沉重了。」

「妳以為旅遊一定是吃喝玩樂的嗎？旅遊的定義不是每個人都一樣的，懂嗎？」

「好了好了，我不跟你辯論了，我們去看恐龍吧！」

時光荏苒，物轉星移。

只見星馳電掣，四周溢滿流光，眼前景象瞬間散落又重新整合。小蝶的意識好像被捲進了一條可以貫穿時間和空間，連接過去的多維隧道。

然後是一片漆黑，時空正在不斷扭曲。

「很快，三億年又過去了。嘩！你看！好漂亮！」

耳畔響起蝴蝶君的聲音。

小蝶再次張開眼睛，馬上就被滿天星斗閃爍着的光芒
迷住了。

— 14 —

 白堊紀恐龍滅絕

　　繁星像無數銀珠，密密麻麻鑲嵌在深黑色的夜幕上。銀河像一條淡淡發光的白帶，橫跨繁星密佈的天空。那邊，一顆流星拖着長尾巴似的藍色粼光，在夜空中劃出一條長長的弧線，好大一會兒才漸漸地消失了。

　　天很暗，地很暗，湖水也是黑黑的。周圍茂密的由蕨類植物構成的奇形怪狀的森林在星光下顯現出來。

　　小蝶正站在湖邊，驚異地望着眼前的一切。

　　黑漆似的湖水波動起來，冒出了氣泡，一個龐大的怪物突然出現了。牠的頭上有角，脖子粗短，一雙小眼睛在黑暗中閃着磷光，牙齒像鋒利的匕首，在星光的映照下閃閃發亮。牠那

強壯的後腳划着水，長長的尾巴撲打着，很快已游到岸上來。

小蝶嚇得目瞪口張，躲到大樹後面。

那怪物甩一甩身上的水，仰起脖子，發出一聲震耳欲聾的咆哮，然後就在小蝶的身邊衝過去了。牠的後肢十分粗壯，每踏一步就發出一聲轟響，壯如雷鳴。

「歡迎來到六千五百萬年前的白堊紀世紀。」蝴蝶君的合成語音在耳邊響起。

「蝴蝶君，那隻怪獸就是恐龍嗎？」小蝶驚慌地問道。

「是的，那是雷克斯龍，也稱霸王龍，或暴龍。」蝴蝶君回答道。

「這麼巨大的恐龍，我才第一次見到。」小蝶瞪大眼睛說道。

「暴龍的身體有六頭大象那麼重，牠們屬於兩足動物，只用兩條後腿行走，前肢用來覓食，牠們是地球上有史以來最龐大的陸生肉食性動物。」

「這個時期的生物已經從海洋進化到陸地上去了嗎？」小蝶問道。

「是的。」蝴蝶君答道，「歷經了二億多年的造山運動，地球的自然環境發生了巨大的變革，海水大量撤退，留下了廣大的沼澤地和厚層沈積岩石，大陸被海洋分開，地球變得溫暖、乾旱，巨型的內陸盆地相繼形成，大量的種子蕨類、羊齒植物以及木賊類漫佈在潮濕的沼澤環境中，而在高地則滿佈豐富的針葉類植物。這個時期是爬蟲類統治地球的最鼎盛時代，各種恐龍迅速繁殖，稱霸整個世界。」

「除了剛才見到的暴龍，還有些什麼恐龍呢？」小蝶又問。

「白堊紀世紀可算是恐龍的盛世，代表食肉恐龍的除了暴龍，還有鯊齒龍、阿貝力龍、棘龍、盜龍等；代表食草恐龍的就有三角龍、鴨嘴龍、甲龍和泰坦巨龍；代表水生恐龍的有滄龍和帝鱷；而代表飛行恐龍的則有風神翼龍和翼手龍。牠們統治地球長達一億六千萬年。」

不知不覺間，天已漸漸光亮起來。放眼望去，一望無際的一片大陸，呈現出來的是一個恐龍盛世的畫面。

天空中飛舞着翼展達十二米的風神翼龍，海裏游着長達十九米的水中霸王滄龍，陸地上有重達七八十噸的長頸泰坦巨龍，還有三角龍、禽龍和許多不知名的恐龍，有的在悠閒地漫步，有的在互相追逐，有的在無憂無慮地盡情吃喝，有的則伏在地上安然歇息，牠們大大小小，形態各異，星羅棋佈般覆蓋了整片大地。

突然天空中出現了一道刺眼的白光。

「蝴蝶君，那是什麼？」小蝶指着天上的異象問道。

「噢，終於來了！」蝴蝶君驚訝地說道。

「怎麼了？」小蝶追問。

「那是一顆直徑十公里的小行星。妳可以把它想像為一塊像一座城市一樣大的石頭。」蝴蝶君回答道。

「像一座城市一樣大？那不得了了！」小蝶吃驚地說道，「它的速度看來很快，難道它要撞下來嗎？」

「是的！」蝴蝶君點頭答道，「這顆巨大無比的隕石正在以每秒四十公里的速度撞向地球，大概不到一個小時，地球將要陷入另一次死亡邊緣。」

「這可慘啦！我們趕快叫這些恐龍逃亡吧！」小蝶緊張地建議道。

「逃不了的。」蝴蝶君淡定地說，「這塊巨石將會很快撞進大海，它會在海底撞出一個巨大的深坑，海水將會被迅速氣化，冒出來的蒸氣將會向高空噴射，高達數萬米，同時亦會掀起高達五千米的海嘯，澎拜的波濤會以極快的速度擴散，那沖

天大水亦將會橫掃陸地上的一切，變成洶湧的巨浪，席捲地球表面，巨大的海水威力會引發強烈的火山爆發，同時使地球板塊的運動方向發生改變。」

「太可怕了！地球真的很可憐，經歷着一次又一次的創傷。」小蝶搖了搖頭，憐憫地說道。

「是的，這次的創傷真的不小。」蝴蝶君說道，「這個行星的能量為一百萬億噸的黃色炸藥，相當於投在廣島或長崎的原子彈的十億倍。這樣猛烈的撞擊，不只把宇宙碎屑散播到全球各處，更重要的是，地球大氣會充滿塵土雲，形成『核冬天』效應，陽光會給遮蔽起來，使得陸地和海洋植物死亡，從而根本破壞食物鏈。另一方面，隕石撞擊地球產生了鋪天蓋地的灰塵，極地雪融化，植物毀滅了，火山灰充滿天空，一時間將會變得暗無天日，氣溫驟降，大雨滂沱，山洪暴發，泥石流將恐龍捲走並埋葬起來。在以後的數年裏，天空依然塵煙翻滾，烏雲密佈，地球因終年不見陽光而進入低溫中，蒼茫大地沉寂無聲，生物史上的恐龍時代就這樣結束了。」

放眼過去，沖天的火山灰瀰散而出，籠罩整片大地。四處火光熊熊，整個世界陷入一片混亂，遠處傳來恐龍驚恐的嚎叫聲，無數的翼龍在驚飛，大大小小的恐龍向着四方八面慌惶逃竄。

生靈塗炭，宛如煉獄，末日降世。

當血腥味飄散開來的時候，蝴蝶君和小蝶同時吞了一口口水。就在這時，一聲淒厲的嚎叫劃破長空，一隻泰坦巨龍正向着小蝶和蝴蝶君這邊沖過來，就在她們的跟前不遠處癱倒下來，臨死前還發出一聲痛苦的號叫，冰冷的眸子深處閃爍着一絲絕望的光彩。

最後，泰坦巨龍虛弱地抬起眼皮看了看小蝶和蝴蝶君一眼，隨即斷氣而死，一副死也不會瞑目的姿態。

一顆巨大隕石的撞擊，就這樣把整個地球上的恐龍通通滅絕了。

15

生死結界第七天

空氣中的虛擬立體顯示螢幕熄滅了。

地上的迷李小立方體灰盒子的光點也熄滅了。

三維圖像全息高清投影到此為止。

小蝶和蝴蝶君除下眼罩，從虛擬世界回到當下一刻。

「蝴蝶君，這趟旅行真的讓我大開眼界。」小蝶驚歎地說道，「裏面的世界，就是你多年來的研究成果吧。」

「也不算是什麼研究成果，」蝴蝶君回應道，「我只是根據

種種歷史痕迹，通過考古學，然後結合不同專家學者的看法，嘗試重現五次物種大滅絕的歷史輪廓，讓世人了解我們所寄居的地球曾經發生過些什麼事情。」

「你不說我真的不知道，原來地球曾經經歷過五次的物種大滅絕。」小蝶幽幽說道。

「唉，」蝴蝶君歎了口氣說道，「自六億年前多細胞生物在地球上誕生以來，地球確實已發生了五次物種大滅絕。這五次的物種大滅絕危機，主要是由於地質災難和氣候變化所造成的，例如第一次物種大滅絕，就是由全球氣候變冷而引起的，而發生在白堊紀末期的那次，則是因為小行星撞擊地球，導致全球生態系統崩潰，所有恐龍因此絕種。每一次的大滅絕都造成地球上超過大半的生物消失，地球也會因此進入一個極度淒涼的境界，宛如一個死亡地域。在過去五次大滅絕中，這種『死亡地域』延續時間最短的一次是二十萬年，最長的一次是九百萬年。但無論如何，地球的元氣是永遠恢復不到最大限度。森林被砍，可以再種；空氣和水被污染，可以再次潔淨；但物種一旦滅絕，就意味着永遠失去。遺憾的是，今天的地球已經進入第六次物種大滅絕危機了。」

「太可憐了。」小蝶說道，「那麼，這次地球同樣會有超過一半的物種消失嗎？」

「大有可能。」蝴蝶君說道，「你知道嗎，這個『滅絕物種

紀念墳場』已開始有人滿之患了。」

小蝶搖搖頭說道：

「我還以為只有我這些蝴蝶不幸絕種了，原來比我早滅亡的大有人在。」

「以後還會陸續有來。」蝴蝶君的語氣十分凝重，「地球已走向棲息地流失和氣候變化這兩個最壞的局面，人類也許仍會生存下來，但他們將會把自己逼入一個孤獨的絕境。所以，這個墳場，人類應該給自己留一個位置，也許他們最終都要住進來的。」

「這次滅絕的原因也是因為地球進入了冰河時期或者有天外小行星撞擊地球嗎？」小蝶繼續發問。

「都不是。」蝴蝶君嚴肅地答道，「與前五次的滅絕災難不同的是，這第六次是人為的。」

「人類的破壞力有這麼大嗎？」

「不要小看人類，他們的破壞力是相當驚人的，這次地球同樣會被摧毀，那種破壞力，比起之前五次有過之而無不及。」

「為什麼？！」小蝶瞪大眼睛問道。

「自工業革命以來，地球上已有很多物種相繼絕種。目前，世界上還有四分之一的哺乳動物、千多種鳥類和三萬多種植物面臨滅絕的危險。如果沒有人類的干擾，在過去的二億年中，平均大約每一百年才有九十種脊椎動物滅絕，平均每二十七年才有一個高等植物滅絕。現在，正是因為人類的嚴重干擾，這些動植物的滅絕速度比自然滅絕速度快了一千倍。在這一次的物種大滅絕，地球表面將有百分之八十的生命被永遠摧毀，我估計地球需要三百萬年的時間才能恢復過來。」

「蝴蝶君，這裏青天白日，碧山綠水，風和日麗，好一個美麗的伊甸園啊！哪有你講的那麼恐怖？」小蝶看看眼前的景象，心裏滿是疑惑。

蝴蝶君笑了笑回答道：「現在的地球，並不是妳眼前所見的那樣。」

「難道我剛才看見的都是假的嗎？」蝴蝶君究竟在故弄玄虛些什麼呢？

「別忘記，」蝴蝶君繼續說道，「這裏是生死結界。」

「生死結界？」小蝶看來十分驚訝。

「我們剛剛離開生界，如果我沒有猜錯的話，我們會在這裏過渡七天，然後，生死判官會根據我們生前的造業賞善罰

惡，簡單來說，一生行善的人會上天界享福，一生作惡的會下地獄受苦。」

「那麼我們這裏跟人類活着的世界是不一樣的嗎？」

「當然不一樣的了，完全不一樣！」蝴蝶君斬釘截鐵地說道，「就像我們現在坐着的這個地方，妳看到的是一片青翠的草地，藍天白雲，鳥語花香，假若是從生界那邊看過來，這裏其實只是一塊寸草不生的爛地，一個被烈日燃燒着的墳場。跟他們住的地方相比，我們這裏算是天堂了。」

「啊！」小蝶突然想起來，「難怪昨天那個政府官員找不到她的傘子！在我的眼中，灰色的傘子和綠色的草地對比鮮明，但在她的眼中，灰色的傘子藏在灰色的亂石堆裏就看不出來了。」

蝴蝶君冷冷的牽起嘴角說道：「愈是文明的社會，必然是與大自然的距離愈來愈遠，住在大都市裏的人甚至和大自然完全隔絕。許多年輕人，生長在水泥樓水泥地的環境，如不刻意安排，一個月也看不到一朵花，半年也看不到一棵樹。」

小蝶忍不住追問道：

「蝴蝶君，恕我愚昧，我真的跟不上你的說話。我們在這裏，不是一打開眼睛就見到樹木，嗅到花香嗎？」

「我不是說了，這兒是生死結界，」他冷笑道：「生界與死界，是兩個截然不同的世界，是兩個不同維度的空間。」

「那麼，現在人類活着的世界是怎樣的一個世界呢？」

「妳真的要看看現在人類是活在一個怎麼樣的世界嗎？」

「可以嗎？」

蝴蝶君臉色一沉。

他的臉龐被金黃色的陽光照得通紅。從他的兩塊眼鏡鏡片中，小蝶看到兩個金黃色的小太陽，和被染成紅色的一片天空。這個時候，太陽已沉得很低，但仍閃動着金色的光彩，柔柔的撒向大地，暖暖的融入墳場上的每一寸地方。萬物都染上金紅色，一個又一個的墓碑的影子被拉得很長、很長。

蝴蝶君霍地站了起來，他望一望天空，然後說道：

「時間剛好，跟我來！」

「去哪裏？」小蝶好奇地問道。

「這邊，往東面走！」蝴蝶君根據日光確定了方向，然後匆匆向着山坡下走去。

「蝴蝶君，那邊我剛去過了！喂，等我呀！」小蝶連跑帶跳地追上去。

陽光照在他們的背上，滲着暖洋洋的感覺。

夕陽送他們一道踏在腳下的長影，長影走在他們的前面，像兩個黑色的長爪，向着大片的青草地伸展過去。

— 16 —

恐怖的人間煉獄

夕陽那紅色的強光像火箭般射到遠方的大海上，海面像着了火般，反射出油在沸煎時的火焰來。近處的港灣也被烈日烤得發燙，冒着串串白煙。除了白煙，還傳來陣陣惡臭。整個港灣填滿了塑膠垃圾，堆積如山，垃圾隨着海浪漂流，不斷地沖到岸上去，又不斷地漂回海裏去。

整個世界好像被放進了一個沸騰的大蒸鍋裏，受着烈火煎熬。

海灣兩岸的高樓大廈建築群，受了整個下午的日照，大廈外牆明顯地冒着熱煙。城市的道路早已乾旱龜裂，同樣是熱氣騰騰，冒着繚繚白煙。

現在不過是夕陽斜照之時，太陽何來仍發揮着這麼強大的威力？可想而知，如果是在正午時刻，太陽高懸當空的時候，情況更加不堪設想。

小蝶看着眼前一切，吃驚地問道：「這就是現在人類居住的地方嗎？」

「嗯。」蝴蝶君點頭答道。

他們兩人站在山坡的東面，遠眺過去，整個城市盡收眼底。

只見猛烈的陽光無情地炙烤着大地，近處郊外的溪流已被吸乾，林間的樹木早已枯死，大片山石為之裸露。只管看着，小蝶已感到一陣暑氣迎面撲來，讓人窒息。

「現在才是初春，可想而知，如果夏天來臨，那種苦況更讓人不忍卒睹。」蝴蝶君說道。

小蝶擦擦眼睛，她根本不能相信，眼前的景象是真實的嗎？她不是剛剛來過這裏嗎？這裏明明是個山青水秀的美麗港灣，怎麼一下子變成了一座死氣沉沉、被烈日烤得發燙的鬼城？還有，海灣裏的塑膠垃圾氾濫成災，這到底又是怎麼一回事？她想起剛才在泥盆紀時期看到的那片美得叫人驚訝的海底世界，然後再看看面前這個臭氣昏天的垃圾海洋，兩者差天共地，地球到底經歷過什麼事情讓它變得這樣不堪入目？

　　她還是不太相信自己，便追問蝴蝶君：

　　「太神奇了！為什麼我看到了一些可怕的景象？這一定是幻覺！」

　　「不是！人類現在活着的地方就像這樣。」蝴蝶君肯定地說道。

　　「我剛剛才來過，這裏並不是這樣的！」小蝶想像不到，人類所寄居的地球環境怎會變得如此惡劣？如果要用文字來形容，那簡直就是一個人間地獄。

　　蝴蝶君冷然回應道：「我們現在看到的，是生與死的交界。」

　　「生與死的交界？」

　　「每天就只有這個日夜交替，夕日將沒的時刻，那只有不到十分鐘的光景，我們還可以背着微弱的陽光看得見『生界』。」

　　就在這麼一瞬之間，天空的顏色明暗曖昧，既不是白天，也不是黑夜，若說是白天，那亮度顯然是很弱，若說是夜晚，也還是言之過早。在這種模糊的意境下，光亮與黑暗、現實與夢境，明與暗的時間界線，都變得很不明確。

　　蝴蝶君解釋下去：「這個時候，生死兩界的時空重疊了，所以我們看得到生界，有時候，生界那邊的人類也會看得見我們。」

　　小蝶恍然過來，她馬上聯想到昨天來過的一個女人，那個代表政府，害她跌上一跤的女官員。她昨天不也就是在夕陽沉沒之前剛好來到？難怪當自己穿越那個女人的身體的時候，她好像也有所感應，有所反應。現在回想起來，真是神奇。

　　小蝶再望向前方熱氣騰騰的世界，驚訝地問道，「這麼一座了無生氣的死城，人類在裏面怎麼生存呢？」

　　「人類的求生能力是很強的。」說着，蝴蝶君從手提包裏掏出一個設計先進的望遠鏡，遞給小蝶。

　　「這是什麼？」

　　「妳自己看看！」

　　「看什麼？」

　　「人類呀！妳不是說要看看現在的人類嗎？戴上這副『千里眼』你就能看得見了。」

　　「千里眼？」

　　那其實是一副極其精密的望遠鏡，擁有人工智能，能把遠處的景物拉到觀測者的眼前，而且影像相當清晰。

「那是我生前用來尋找蝴蝶的隨身工具，很好用的。快看，太陽要下山了，爭取時間啊！」

小蝶把望遠鏡架在眼前，稍微對好焦距，好奇地觀看一切。

遠方滿天紅雲，滿海金波，紅日像一爐沸騰的鋼水，噴薄而出，金光耀眼。空中、海面、地上，都是紅亮一片，透着點點白光，十分刺眼，彷彿一切東西就要燃燒起來。

她把視線轉移到城市，定焦在一條街道上。

整條街道冷冷清清，熱氣蒸騰。她發現，那邊街角的暗處，好像躲藏着一個影子，她把視像拉前，啊，那原來是一條消瘦憔悴的野狗，眼中放射出飢餓的綠光，乾涸的舌頭一伸一伸，舔着地上的廢物，身上一排排肋骨清晰可見。野狗身後還有一頭母狗，同樣枯瘦如柴，靜靜地躺在牆邊。幾隻嗷嗷待哺、尚未開眼的幼崽，溫順地依偎着母親，爭先恐後地吮吸着媽媽的乳汁，可是母狗的乳房早已乾癟，身體已沒有多餘的養份了。儘管幼崽口中含着乳頭，卻絲毫吸不出半點乳汁來。這些可憐的幼崽，嘴巴張張合合，似在吵鬧。母狗費盡最後一絲力氣，下巴開了又合，面頰抽動，慈愛地舔舐了犢子幾下，然後徐徐閉上眼睛，斷氣而死。狗爸爸眼神空洞，虛弱無助地看着一切，眼睛閃爍着淚光。

「好可憐的大黃狗啊！」

看到如此情景，小蝶不禁傷心難過。她把鏡頭轉移，這個時候，街道開始有些人影出沒。讓小蝶感到奇怪的是，這些人每個都戴着頭盔，穿上看來有保護功能的長衣長褲，還戴上手套，他們不知從哪裏拉出一條又長又大的水喉，眾人合力捧着，默默地向着街道四周噴水。

「這些人是誰？」小蝶好奇地問道，「他們為什麼捧着大水管四處噴水？」

「妳是說那些全副武裝的『防日糾察』吧。他們不是在噴水，那是一種化學劑，一天開始，先為城市降降溫。」蝴蝶君解釋道，「給日光照了一整天，整個城市都是灼熱無比，觸手碰碰也會燒傷的。這種化學劑能夠減低可燃物的溫度，就算一旦燃燒起來，也能使燃燒過程變得緩慢，使火焰的溫度大大降低。」

「好厲害。」小蝶搖頭歎道。

「妳知道嗎？太陽是有毒的，很多人患皮膚癌死了。有些小孩不知危險隨便跑上街，最後給太陽白白曬死！秋冬的時候還好一點，一到夏天，沒人敢跑到地面上來了。這些志願工大多是死者的父母或家屬，他們很早出來，為大家準備一天的開始。」

「一天的開始？現在太陽要下山了？怎麼還是一天的開始？」小蝶感到疑惑。

「為了躲避太陽，人類已經習慣在白天睡覺，晚上才出來活動，而且大多是地下活動，沒有必要也不會跑到地面上去。」蝴蝶君說道，「一般商店都是晚上才開門的，日出前都要關門。我們有一句俗話，叫：日入而作，日出而息。有意思了吧？這個生活習慣人類已經維持很久了。」

「人類改變了生活規律和作息時間，就是為了遷就太陽？」小蝶追問。

「他們不得不這樣做，這是生死攸關的事情。」蝴蝶君嚴肅地回答。

透過望遠鏡，小蝶還看見很多滾球在走動。對呀，那些滾球就是前天那個自稱殺人犯的老翁所坐的那種太陽能電動輪椅。一球又一球，在街道上滾來滾去，十分有趣。

蝴蝶君解釋說道：「老人睡不長，太陽還未落下他們就急着出來活動了。大家都勸他們不要冒險，因為這個時候的紫外線仍然很強，但他們就是聽不進耳，現在人的壽命很長，能活過一百歲是等閒之事，但很多都是用機器來維持着生命的。這樣活着多沒意思呀！？與其長期鬱悶在地底，倒不如出來走動走動，伸展伸展，起碼可以呼吸一下新鮮的空氣，是吧？」

「這樣活着真的沒意思。」小蝶感歎道。

　　說起生界的人類，蝴蝶君滿口牢騷，滔滔不絕：「就算是在以前的沙漠地區，夏天的氣溫頂多四十幾度吧！現在人類的社會，每天五十幾度，最高的有六十幾度！人在太陽下呆上五分鐘也會給烤熟了吧！」

　　「這看來是個人間煉獄啊！」小蝶驚歎。

　　這個時候，落日散發出最後一抹金色的光芒，瞬間沉下去了。

　　整個世界頓時黑暗下來。

　　眼前的景象又回復了正常，萬物又再次回歸原始狀態，一切又變得那麼天然和諧。海灣隱沒在黑夜裏，仍不時傳來波濤拍打岸邊岩石的聲音。

　　「真是不可思議，」小蝶驚訝地說道，「我們現在站着的位置不是挺舒適的嗎？微風習習，斜陽的餘溫剛剛好，溫暖而又不熾熱。」

　　這與剛才小蝶親眼所見的，簡直是天淵之別。她研究着手裏的望遠鏡，好奇的問道，「蝴蝶君，你這個是什麼鬼東西，好像能讓人產生錯覺一樣？！」

「你不要再懷疑了。」蝴蝶君答道,「妳剛剛看到的,確實就是人類現在生存的處境。我生前除了研究蝴蝶以外,還看了很多有關生死的書,什麼陰曹地府,牛鬼蛇神,天堂地獄,業力輪迴,不同宗教有不同信仰,我都有研究過,但我完全沒有想到,原來人死了來到這裏,萬物回歸原始,看來是個無染無塵,無憂無慮的淨土。」

「那人類的世界怎麼會變成那個樣子呢?」小蝶問道。

「自私!自大!自我!自以為是!自以為可以征服自然卻自討苦吃,」蝴蝶君狠狠地說道,「最後自挖墳墓!」

「是因為太陽太強了嗎?」小蝶一臉天真地問道。

「哼!太陽從來都是那樣的,但自然環境經歷數百年的人為破壞後,臭氧層的破洞已經非常的大,妳知道嗎?臭氧層就像地球上的一個保護膜,這個保護膜一旦破了,太陽輻射直接射進來,它的威力會對動植物產生病變,農作物種不出來、家畜養不活,人類也會輕易患上皮膚癌、白內障等。現在雖然是春天,但氣溫奇高,怎麼受得了?」

「氣溫高還可以適應,但是如你所說,陽光裏的輻射無處不在,怎麼躲呢?」小蝶推斷出答案。

「就是了。根本躲不了,哈哈!」蝴蝶君竟然露出幸災樂

禍的神情。

　　小蝶恍然大悟。她終於明白為什麼這幾天來看她的人都是那麼懼怕太陽，她終於明白為什麼他們都是選擇在清晨或者黃昏時來到墳場，中午打後，一個人影都沒有。原來，太陽對他們來說是那麼可怕，對他們的傷害又是那麼深刻。

　　「如果人類早一點發現問題，及早防範，那就不會走到這個難堪的局面了，是不是？」小蝶倒關心起生界那邊的人類來。

　　「哼！及早防範？可笑！人類有那麼先知先覺就好了！」

　　「為什麼？」

　　蝴蝶君笑了笑說，「妳有沒有聽過溫水煮青蛙的故事？」

　　「沒有。」小蝶聳聳肩回答道。

　　「將一隻青蛙放在大鍋裏，」蝴蝶君解釋說道，「裏頭加進冷水，再用小火慢慢加熱，開始的時候，青蛙還很得意，在溫暖愜意的水中悠然自得，牠雖然約略可以感覺外界溫度在慢慢變化，但因為惰性，牠完全沒有立即必要的動力往外跳。水溫不斷的增加，慢慢的、慢慢的，直到青蛙感到水燙得無法忍受時，再想跳出水面卻已變得四肢無力而⋯⋯」

「……跳不出去了！」小蝶搶着說了。

「對。」

然後，小蝶推斷出青蛙的結局：

「鍋裏的水開了，青蛙跳不出去，那麼就給活活煮死在熱水裏了。」

「就是這樣！」蝴蝶君補充說道，「如果人類有妳一半的聰明就好了。這個故事給我們說出一個道理，就是安逸的環境往往容易使人沉溺其中，放鬆警惕，喪失鬥志，最後失去了戒備，招來災害！」

小蝶忽然想到：「我在你的玫瑰園裏，也是因為這樣緣故而死去的嗎？」

「哈哈！」蝴蝶君回應道，「妳在玫瑰園裏確實是給寵壞了，如果把妳放出去，妳肯定也會死的！因為妳已經喪失了在大自然裏的求生能力。」

「因為太安逸而招致殺身之禍？」小蝶還在揣摩着這句話的意思。

「我跟你講，氣候的改變大多是漸熱式的，如果人類對環

境之輕微變化沒有好好的注意，他們最後就會像這隻青蛙一樣，被煮熟了，然後慢慢死去了還不自知！」

「生存真的不是一件簡單的事情。」小蝶說道，「追求安逸的生活不是應該的嗎？怎麼會想到最後的結局竟然是悲劇？」

蝴蝶君一腔莫名的憤怒。

「我這麼多年在抗爭，在大聲疾呼，叫大家正視日益嚴重的環境污染問題，關注天氣反常與物種滅絕的關係，但有多少人會真正關心呢？他們都以為問題未至於那麼嚴重，事實上危險早已降臨，只是人類自欺欺人，他們所犯的就是類似青蛙的錯誤！」

「就是了！人類真是蠢材！」這次小蝶小心翼翼，避免勾起蝴蝶君的憤怒，她關心地問道：「蝴蝶君，地球的生態能復元嗎？地球能恢復原貌嗎？」

「哈哈！」蝴蝶君冷笑一聲回答道，「別天真妄想了。已經太遲了，做什麼都於事無補了。再說，地球能不能復元，又與我何干？我已經死了，我在這裏樂得清靜。」

「那麼，」小蝶想了想又說，「地球的人類就只有死路一條嗎？他們太可憐了。」

「跟我沒關係啦！」蝴蝶君答得倒是輕鬆。

「當然有關係了！」小蝶急忙說道。

「還關我什麼事？」蝴蝶君瞪大眼睛看着小蝶。

「你不是說我要投胎做人類嗎？」小蝶露出驚恐的眼神說道，「你呢？難道你不用再投胎了嗎，蝴蝶君？我們都還要輪迴再生呀！我們一旦投胎做人⋯⋯」

「噢，天呀！」

蝴蝶君一臉愕然地望着小蝶，顯然是被她這番話給驚住了。

「我不要投胎做人了，」連小蝶自己也驚慌起來，猛搖頭道，「人類活着的地方太恐怖了，我怎麼能跟他們一起生活？！這要比死更難受呀，我不要像蚯蚓般活在地底下，我不要像蟑螂般總是害怕日光，我不要⋯⋯」

「冷靜點！冷靜點！」蝴蝶君顯然也有點不知所措了。

「想想辦法吧，蝴蝶君！」小蝶哀哀說道。

兩人沉默下來。

　　蝴蝶君深吸了一口氣，霍然站起，望着人類居住的那個方向，心情沉重地說道：「作為人類，我的犯孽太多了，我哪有資格投胎做人？我覺得我是要下地獄去了。在地獄受苦，肯定比在人間受苦更慘。」

　　「那麼蝴蝶君，你想想辦法吧，我真的不想做人，我寧願跟你到地獄去！」

　　「妳瘋了嗎？一入地獄就萬劫不復了！而且，妳已經長出人類的手腳了，這不是由我們的主觀意願來決定的。」

　　「你一定有辦法的，想想吧。」小蝶露出既哀怨又無助的眼神。

　　蝴蝶君無奈地搖着頭，「沒辦法！我們都死了，做不了些什麼的。」

　　小蝶失望透頂，沉默下來。

　　蝴蝶君眉頭緊皺，苦苦思索。

　　良久。

　　「辦法也不是沒有的。」蝴蝶君突然抬頭說道。

　　「快說吧！蝴蝶君，有什麼辦法？」小蝶喜出望外。

蝴蝶君咬一咬唇說道：「這未必成功，我們姑且一試吧。」

「蝴蝶君，」小蝶急忙回應道，「只要有一線希望，我們都不能放棄。不嘗試就是死路一條了。」

「那好，回去吧！」蝴蝶君露出一副視死如歸的神情。

情急之下，他做了一個決定。

「七日回魂？」小蝶馬上意會了。

— 17 —

不可思議的時光倒流

　　勞教所裏的課堂氣氛向來都是死氣沉沉。萬能師母總是一臉威嚴的走進教室，每每上她的課，都奠定了一種嚴肅愁悶的感情基調。

　　要知道，這個班裏的學生並不是一般的學生，而是一群有着不同犯罪背景而關押進來的少年罪犯，沒有萬能師母這種不怒而威的霸氣，怎能壓得住這群無惡不作的小混混？！

　　這天，教桌上擺滿了大小不同的圓形玻璃瓶，每一個瓶子裏面都放了一種昆蟲或小動物標本，有蜻蜓、蜘蛛、蟬、金龜子、螳螂，也有燕子、黃鶯、兔子和松鼠。這些生物標本大小不一，神態各異，全都被放在浸滿福馬林防腐液的玻璃瓶內，有些眼眶乾癟了，有些身形扭曲了，散發着一種詭異可怖的氣息。

突然傳來「啪──」的一聲巨響。

只見萬能師母用她那條專門鞭打囚犯的籐條狠狠地打在桌子上。原來，教室裏不知何時飛來了一隻膽大的蒼蠅，但萬能師母眼界奇佳，蒼蠅應聲倒下，變成了一灘血肉模糊的東西。

萬能師母拿出紙巾，一邊抹走蒼蠅附在籐條上的零碎屍體，一邊用凌厲的眼神向着班裏掃射一遍。男囚生個個一動不動，神態比起瓶子裏的標本還要僵硬。

這時，萬能師母發出指令：

「你們一會兒去捉一隻蝴蝶回來做標本，清楚了嗎？」

眾人只管點頭，不敢作聲。

一個戴着厚厚的近視眼鏡，渾身沒長多少肉，乾瘦得像一隻飢餓的猴子的男孩，卻不忿地舉起手來。

萬能師母指着男孩厲聲喊道：「你！布小強，怎麼啦？」

男孩站起，鼓起勇氣說道：「蝴蝶是我的好朋友，請妳不要傷害她們，更千萬不要把她們拿來做標本。」

萬能師母冷然回應道：「你在說什麼呀？坐下！」

「呃？」

「我叫你坐下！廢話少講！」

「我是認真的。我不會做蝴蝶標本，請你們全部人也不要做！」男孩咬着牙關說道。

「還頂嘴？！」

「我做錯了些什麼嗎？」男孩反駁道。

萬能師母本來就不是一個有耐性的人，她拿起藤條，怒氣沖沖地走向男孩那邊，喝道：

「可惡！你還不知道你現在的身分是什麼嗎？在這裏，你們得要重新學習的，是絕對的服從！徹徹底底的服從！知道了嗎？！坐下！」

男孩依然不服的樣子，不肯坐下。

萬能師母拿起藤條，目露兇光，提高嗓子喝道：

「我現在叫你馬上坐下！」

男孩咬着牙關，合上眼睛，雙腿已不受控制地發抖，像一

個等待處死的囚犯。全班都靜了下來，大家聯想到這鞭子使勁地鞭打下去那樣子，已經不寒而慄。

馬上傳來「啪──」的一聲！

一秒、兩秒、三秒以後。

班裏隨即爆出一陣哈哈狂笑。

籐條只是落在身旁，但男孩顯然已受驚過度，一泡尿撒了在褲襠之中。

眾人呵呵大笑，特別是那個坐在男孩身旁的大胖子，胖乎乎的面孔，發亮的額頭下面，兩條彎彎的眉毛，一雙細長的眼睛，他對布小強早就看不過眼，好一副幸災樂禍的嘴臉，笑聲比誰都要大。

這個時候，大家都沒有注意到，原來蝴蝶君和小蝶已出現了！他們是由兩束從天花板透射進來的光線而漸漸形成的。他們坐在課室後面的那個大書櫃上，高高在上，看着班裏的一切。

這裏是人間，就連空氣的氣息也好像不大對勁，害得小蝶嗆得直咳嗽。

「咳──咳──！」小蝶咳着問道，「這是什麼？」

原來大書櫃的櫃頂上蒙上了一層厚厚的灰塵。灰塵一時給揚起來，使空氣變得污濁。

「這是灰塵。」蝴蝶君答道，「沒辦法，這裏是人類的世界。」

原來小蝶從來沒有接觸過的灰塵，生前在玫瑰園裏非常乾淨，死後的世界也是一塵不染的。

她記得剛才在蝴蝶君的引領下，她們兩人在大樟樹下盤坐下來，閉上眼睛，一呼、一吸，不知不覺間進入了一種冥想狀態，然後，意識好像被捲進一條時光隧道，她感到自己的身體在飛速旋轉，由一股巨大的引力牽扯着。與此同時，時空漸次扭曲，在引力能和旋轉能的作用下形成一個奇異的光洞，光洞的邊緣不斷浮動，時而收縮，時而膨脹，洞內透着詭異的幽暗藍光。最後她感到自己的意識被扯進光洞，到她再次睜開眼睛，她和蝴蝶君已經來到了這裏。

「蝴蝶君，我們已經回到過去了，」小蝶驚訝說道，「這就是你小時候成長的地方嗎？」

「嗯。」蝴蝶君點頭答道，「這就是我曾經提及過的勞教所。想不到會回到這裏，回到這一天。」

「那個女人好兇啊。」小蝶指着課室裏的萬能師母說道。

「這個『萬能師母』呀，罵起人來的時候比誰都要兇，我們都很害怕她的。」蝴蝶君指指那個髮型跟他一模一樣的男孩又說道，「那個人就是我！看見了嗎？」

「看得出來，原來你叫『布小強』，為什麼沒有告訴我？」

蝴蝶君歎了一聲又說：「我是在孤兒院的門口被發現的，那天非常寒冷，我才剛出生不久，被一塊厚厚的大布包裹着，我無名無姓，孤兒院的人認為那塊大布救了我，所以幫我起了『布』這個姓。我很小，大概是還未足月就出生了，營養不良，又瘦又弱，他們叫我『小強』，就是希望小小的我也能堅強地活下去。」

「那是個不錯的名字啊。最後為什麼改了？」小蝶天真地問道。

「你知道『小強』代表什麼嗎？」蝴蝶君沒好氣地回答道，「蟑螂呀！多討厭的名字！」

「啊，原來如此。」小蝶自知失言，轉個話題，「你剛才撒了泡尿，你有十幾歲了吧，真是的！」

「醜死！真丟臉！」蝴蝶君自覺無地自容，「我們在外面欺負別人時像一頭威風凜凜的老虎，但在萬能師母面前就變成了一隻可憐兮兮的小貓！」

「不要緊呢，這也不能怪你的。」小蝶好生安慰一番。

這個時候，那個小胖子布魯圖竟然還在戲弄布小強，他偷偷的把一顆圖釘放在布小強的椅子上，讓他一坐下來屁股便給釘着！

「嗚哇──！」布小強痛得尖叫了一聲。

「可惡！」這邊，蝴蝶君憤怒莫名，「我記得了，當天我一坐下來屁股就給釘住了，原來是你，布魯圖！你太過分了！」

這時小蝶才記得，這個叫布魯圖的小胖子就是那個長大以後報警把正在示威抗議的蝴蝶君抓走的人。

「真相大白了。」小蝶插嘴說道。

蝴蝶君愈想愈氣，突然動身向前衝過去。

「蝴蝶君，你幹嘛？」小蝶立刻把他按住。

「不好好痛揍他一頓我不姓布！」蝴蝶君已按捺不住自己。

「不要衝動！你自己不是說過拳頭並不是解決問題的方法嗎？而且，你一定忘記了，我們跟他們是存在於兩個不同維度的空間，你以為你真的可以揍到他嗎？」

蝴蝶君一時呆住，然後在空氣中揮拳。

「哼！讓我發洩一下怨氣也好！」蝴蝶君氣得直喘氣。

小蝶連忙轉換話題：「蝴蝶君，剛才那萬能師母叫你們去捉蝴蝶回來做標本，那不就是叫他們去幫兇謀殺嗎？怪不得我們那麼快就死光了！」

「那一天想起來也害怕！」蝴蝶君一時感觸起來，說道，「萬能師母一個命令，他們全都衝了出去，一場轟天動地的大廝殺展開了……」

小蝶不難把自己代入了當天的恐怖情景：她如常地在山坡上採花，卻突然闖來一群兇神惡煞的人類，每個人手裏拿着大網，聲嘶力竭地向她和她的友伴衝過來。她害怕得要命，拚命地向前飛呀飛，耳邊不時傳來友伴的求救聲和驚叫，她回頭一望，就親眼見到友伴被殺害，她差點兒暈厥過去了，但仍用盡力氣拍動翅膀，只管向前飛，但那些人類絲毫不肯放過她，最後，她感到精疲力竭，一個巨網就這樣向她拍打下來……

小蝶所想像的和當時的實際情況完全吻合。

蝴蝶君補充說道：「他們一見蝴蝶就追殺，我發了狂地跑出去一心要擋住他們，但他們人多勢眾，合力把我按在地上，我完全沒有還擊的力量！最後，我親眼看到我的朋友、我最好

的朋友，一個一個的給他們捉走！布魯圖還捏着一隻蝴蝶走到我面前，把蝴蝶的翅膀逐片逐片的撕下來，我看着蝴蝶在痛苦掙扎，開始的時候腳還在踢着，然後慢慢就沒動作，死了！那蝴蝶就這樣死在我眼前。」

小蝶輕歎一聲說道：「今天回來，就是要我親眼看到蝴蝶是怎樣給這群兇神惡煞的少年犯殺死？這對我實在太殘忍了！」

這時，下課的鈴聲響起。

「我們回來到底要幹嘛？」

小蝶沮喪地哀歎道，然而這突然讓蝴蝶君靈光乍現。

其實他決定回來以前已做了個決定。

「成功與否，也得要試試！」他喃喃自語。

「蝴蝶君，你在說什麼？」小蝶緊張地問道。

「哼！要給布魯圖一個教訓！」

「什麼教訓？」

「這也許會讓我的靈魂煙消灰滅，但也得一試。」

「你究竟在說什麼呀？」

蝴蝶君來不及回答小蝶，已閉上眼睛，坐直了身子，放慢呼吸，深深地又一呼一吸，集中意念，把全身的氣力集中起來。

小蝶完全不知道這些舉動代表些什麼。

然後，奇怪的事情發生了，蝴蝶君的身上竟然冒出白濛濛的光芒，這淡淡的光很快地就把他整個人都包住了。

「蝴蝶君，這是怎麼一回事呀？」

小蝶害怕起來，從喉嚨底發出顫抖的聲音。

蝴蝶君完全沒有反應，全身的肌肉像繃緊了一樣，但他的眼睛突然張開，這讓小蝶嚇了一驚。

就在這個時候，不可思議的事情發生了。

—— 18 ——

 幽靈入侵人體事件

下課的鈴聲剛剛響過。

班裏的男生肅然起立，齊聲喊道：「Goodbye, Madam ！」

但是這天萬能師母的反應極度反常。首先，她的神情有點錯愕，然後身體抽搐了幾下，眼睛又翻了翻白。男生看着都覺得奇怪，但萬能師母還沒有回應他們說再見以前，誰都不敢坐下。

原來，蝴蝶君動用了全身的能量，元神出竅，與萬能師母合為一體。萬能師母成為了蝴蝶君的新軀體。要說這可是具有十分大的風險的，因為蝴蝶君可能元神沒過去進入萬能師母的身體前就散盡了，然後那嬌弱的元神化作虛無，從此就再沒有蝴

蝶君這人存在了。可是蝴蝶君似乎運氣還不錯，竟然真的就成功了。起初萬能師母的動作看來還有些生硬，那是因為蝴蝶君的元神才剛剛和她融合，她還未完全適應過來。

不消一刻，一切又回復了正常。

奇怪的是，萬能師母一反常態，竟然望着男生微笑，眼神充滿善意。

眾男生都不敢相信自己的眼睛，但萬能師母千真萬確的笑出來了。對於這個違反常理的現象，布魯圖的心裏馬上認為，他必須要把這離奇的事件寫在日記裏。

男生還是不敢掉以輕心，他們還是站立着，不動聲色，只是暗地裏互相交換着眼神，細心觀察着情況。

這時，萬能師母微笑說道：「剛才我跟你們開了個玩笑，等會兒不用去抓蝴蝶回來做標本了！」

整個課室滿是疑惑的神情，只有布小強看來是喜出望外。

萬能師母又說道：「先坐下來吧，我有話要說。」

全體十多個男生便坐了下來。

萬能師母走到布小強面前，輕輕拍了他的肩膀一下，然後微笑地對着全體男生說道：

「剛才布小強說得對，蝴蝶是我們的朋友，我們不應該去傷害她們的。如果你們是蝴蝶，大概也不想給人抓去做標本是吧？」

萬能師母突然對布小強改變態度，布魯圖覺得極不尋常。他舉起手，一臉不忿地說道：「蝴蝶怎麼會是我們的朋友？不做標本那麼我們要做什麼？」

萬能師母想了想說道：「不如我們來玩個遊戲吧！」

「玩什麼遊戲啊？」一個男生問道。

「這是一個『心靈相通』的遊戲。來，大家先站起來，手拉着手。」

萬能師母笑容親切，讓一眾男生漸漸放鬆下來。

她又對布小強說道：「布小強，你來做我的助手吧！把攝錄機拿過來，幫忙把班裏的情況攝錄下來，以後如果我忘記了些什麼，你便用這個錄像來提醒我。」

「這遊戲沒有我的份兒嗎？」布小強不忿問道。哼！豈有此

理！不讓我參與，還要我充當攝影師？他心裏埋怨着。

「你忘記了嗎？在這裏，你得要重新學習的，是絕對的服從！徹徹底底的服從！知道了嗎？」萬能師母微笑說道。相同的話，卻是一副截然不同的口吻，這讓布小強感到十分驚訝。他唯有遵從命令，過去拿起攝錄機開始進行拍攝。

只見萬能師母已走到那群男生當中，一手拉着布魯圖，另一隻手拉着另一個男生。然後，布魯圖和那個男生又用另一隻手去拉着旁邊的同學。就是這樣，全班男生便手拉着手起來，一個接一個，圍成一個大圓圈。

那邊大書櫃的櫃頂上，小蝶好奇地看着一切。蝴蝶君依然坐在她的身旁，活像一個蠟像，或是給人點了穴道般，一動不動，眼神空洞地望着前方。小蝶捅一捅他，可他沒有半點反應。很明顯，他已靈魂出竅，進入了萬能師母的身體內。

而那邊萬能師母自覺得意，竟鬼馬地和小蝶打了個眼色，這讓小蝶忍俊不禁。

「遊戲正式開始！大家先合上眼睛！」萬能師母發出指示。

這到底是個什麼遊戲呢？大家絲毫沒有半點頭緒。

布小強提着攝錄機在一旁攝錄。

「一、二、三，開始！」

突然，大地顫抖了一下，原本沒有半點風的課室，開始出現一股股細微的陰風，站在萬能師母左邊的布魯圖先感到一股微弱的電流從萬能師母的掌心滲透進來，慢慢地流向他的手掌，再流向手腕、手臂，然後通過肩膀和脖子流向頭部，直達腦袋。

同時，電流又經過布魯圖的手流入另外一個同學的身體裏。如此類推，這一股微弱的電流，便透過學生互相握着的手，逐一地流入他們的體內，直達他們的腦袋。

「心靈相通」的遊戲正式開始。

眾男生開始進入了一個疑幻似真的境地。

四周突然昏暗下來，一股股濃霧出現，與此同時，轟隆的一聲巨響，課室的門被撞開了，闖進來是一群兇猛無比的怪獸，這些怪獸毛茸茸的，十分巨大，比天花板還要高，要彎着身子才能走進來。牠們只有眼睛沒有瞳孔，只有耳孔沒有耳廓，嘴巴沒有嘴唇，而且很大，牙齒像鯊魚那樣重重疊疊，又尖又長。牠們手裏各自拿着一個大網，一邊咆哮一邊向着男生這邊衝過來，如一頭又一頭飢餓的老虎向着一群毫無防範的小山羊猛撲過去一樣。

對於這突如其來的襲擊，一眾男生簡直給嚇呆了。他們慌張地逃跑，但課室內唯一能逃生的房門早已給一隻巨獸擋住了。為了逃命，有些學生甚至爬出窗口，雖然他們這樣一跳下去準會沒命，但這些巨獸實在太可怕了，跳下去還有望逃出生天，但假若給這些怪物一口吞噬，肯定會一命嗚呼，他們寧願摔死也不要死在牠們鋒利的牙齒下。

不過，當他們一打開窗口，卻不知從那裏吹來的一陣強烈怪風，啪啦啪啦的又把窗門一個一個的緊緊合上。

布魯圖害怕得全身發抖，慌不擇路，躲到桌子下去。怎知一隻巨獸拿着一個巨網步步逼近，一副胸有成竹的樣子。最後，布魯圖還是逃不過被生擒活捉的命運。

其他同學也是一個一個的給活生生捉走。他們在巨網內掙扎大叫，但無論如何嚎哭尖叫，都是於事無補，魔鬼看來已對整所學校宣示了主權，這裏是叫天不應，叫地不聞了。

布小強透過攝錄機的畫面中靜靜地觀察着。

但從他的眼中所見，一切竟是那麼平靜，那些同學只是合上眼睛，手拉着手，身體有節奏地輕微搖晃，和諧恬靜，就像那些虔誠的教徒在集體冥想沉思一樣。他細心觀看，卻發現同學雖然合上眼睛，他們的瞳孔卻在眼皮下迅速移動着，而布魯

圖的額邊更冒出一顆一顆豆大的汗珠來。他覺得很奇怪，到底萬能師母在跟他們玩些什麼遊戲呢？

　　他並不知道，大胖子布魯圖和其他同學，正在經歷着一場極其可怕的夢魘。

19

 如幻似真的夢魘

　　萬能師母深深吸了一口氣，然後緩緩地再呼出，與此同時，一股更強烈的電流便從她的掌心向外迸發，迅速地傳向所有的男生。

　　遊戲仍沒有完結，眾男生的腦袋又再閃過另一組恐怖的景象。

　　這又是一趟親歷其境的旅程。

　　教桌上的圓形玻璃瓶一下子變得很大，讓人感到不寒而慄的是，每個瓶子裏都竟然放了一具人體標本！

　　那些人體標本並不是別人，而正正就是男生他們自己！

　　好幾個男生已被浸在玻璃瓶內的福馬林液體裏，他們都已被製成一個個生物標本！還有幾個男生，包括大胖子布魯圖，竟然被大字形的緊緊地釘在牆壁上，他們的手腳分別被釘上直徑有一釐米的大釘子，傷口處還淌着鮮紅的血。他們看來已經斷氣了，死狀十分恐怖，臉容扭曲，翻着白眼，全都散發着一種詭異可怖的氣息。

　　這個時候，一隻巨獸把布魯圖從牆上的釘子拿下來，並把他平放在桌子上。然後，牠和另外兩隻巨獸拿着電筒、鑷子和剪刀等工具，細心研究着這具人體屍體。牠們先揭開布魯圖的眼皮，用電筒照他的瞳孔，再用剪刀剪去他一些頭髮，然後又用鑷子去拔走他的鼻毛。

　　最後，巨獸在布魯圖的腹腔處畫了些線條，然後拿出了一把巨大的電鋸。

　　原來，牠們要把布魯圖的身體肢解！

　　「嘶嘶嘶嘶嘶……嘶嘶嘶嘶嘶……」

　　電鋸啟動了，發出極其恐怖和刺耳的聲音。

　　「哇——！不要！」

　　原來布魯圖還未完全死去，並及時掙扎起來，當他意識到

自己的身體快要被鋸開，便驚慌得大叫大嚷。

「救命呀！救命呀！不要殺我！不要把我做成標本！不要！不要！」

布魯圖猛力掙扎，可是他給兩隻力大無窮的巨獸按着，根本就是動彈不能。這時，一隻巨獸再次舉起大電鋸，對準他的腹部，就是這樣「嚟嚟」的切割下去。

「哇哇！嗚──！嗚──！救命呀！」

布魯圖大叫救命，然後嚎哭起來，他從來未曾如此驚慌，哭至臉容扭曲，極其狼狽。

「篷」的一聲，突然整個世界變得一片空白。

眾男生再次張開眼睛，眼前的一切已恢復正常。

萬能師母平靜地說道：

「遊戲到此為止。」

各人如夢初醒，但對於剛才發生的事仍然猶有餘悸。大家都很驚訝，萬能師母何來有這股神秘的超能力，這種不可思議的特異功能？為什麼他們剛才好像親歷其境一樣，一切來得那

麼真實，卻原來只是幻覺一場。

布魯圖明顯仍在受着噩夢折磨，只見他的臉色依然蒼白，冒着冷汗，大顆大顆的淚水滾落到腮邊。

「哇哇！嗚──！嗚──！」

布魯圖喘着大氣，揮動着手腳，嘴裏不停地嘟囔着：「救命呀！救命呀！」

萬能師母走上前去，面露一種詭異的笑容。

「喂！醒醒吧！遊戲結束了！」話音未落，一記耳光重重地扇在布魯圖的臉上。布魯圖被這巴掌打醒了，強烈的疼痛讓他的眼淚差點掉下。

「哈哈哈！哈哈啊哈！」

這個時候，班裏爆出一陣狂笑。

原來，這次是布魯圖受驚過度，人這麼大了，還在撒尿？！布魯圖看到自己的尿隨着褲管滴到地上，尷尬得要死，恨不得有個地縫，馬上鑽進去消失。

萬能師母看到布魯圖這副洋相，忍俊不禁，暗自笑道，

「不給你來個教訓我可死不瞑目！」

她差點兒忘了一直在旁攝錄的布小強，於是發出命令：

「布小強，你休息一下。布魯圖，你接手去錄影！」

男生仍是笑過不停。布魯圖用手袖擦一擦臉上的淚水，便走過布小強那邊去，一手搶去攝錄機。

「安靜點！安靜點！」

這是萬能師母收拾局面的時候了。

班裏慢慢的靜了下來。

「各位同學，這個遊戲刺激嗎？」

眾人回想自己剛才被人用鑷子夾走，手腳給釘住，胸部給插針，或整個人給藥水淹死，都已感到毛骨悚然，何來刺激可言？

萬能師母便進入主題：

「蝴蝶雖然不能跟我們一起玩，但她們一直是人類的朋友，她們在大自然裏傳播花粉，維持着自然界的平衡生態，這

一點是非常重要的。有科學家預言，如果人類繼續濫殺蝴蝶，破壞自然生態環境，蝴蝶就會在十年後完全絕種！除了蝴蝶會絕種以外，很多其他的生物都會相繼消失，最後，人類也有可能會走向滅亡！所以你們要記住，蝴蝶是讓我們觀賞，不是讓我們隨便捕殺的，明白嗎？」

「Yes, Madam ！」全體男生齊聲答道。

「你們認為蝴蝶還有些什麼好處呢？」萬能師母繼續問道。

對於這種問題，這群小混混大概從來沒有想過，也不會特別去關注。

「想想吧，動動腦筋！」萬能師母鼓勵他們。

一個男生舉手答道：「蝴蝶是一幅一幅會飛的圖畫，讓我們的世界塗滿了色彩！」

「答得好，這個比喻很美，也很恰當。」萬能師母回應道。

萬能師母原先要他們殺蝶，現在突然改口要他們護蝶，前後判若兩人，這是布小強始料不及的一件事情。但無論如何，由殺蝶轉為護蝶，這無論如何都是一件值得高興的事情。他的內心感到難以形容的喜悅。

萬能師母似乎還是意猶未盡，馬上又問道：

「蝴蝶對於人類還有一大貢獻呢。人類現在放在太空的人造衛星，也是從蝴蝶身上受到啟發而改良而成的，你們都知道嗎？」

男生哪裏聽說過蝴蝶與人造衛星有啥關係？課室裏鴉雀無聲。

這時，布小強自信地舉起手來。他的答案讓眾人大吃一驚。

「人造衛星接近太陽，受到陽光強烈輻射，溫度高達攝氏兩千度，但在陰影區域，溫度又會下降至零下兩百度，這個強烈的溫差很容易會損壞衛星上的精密儀器。因為蝴蝶的翅膀上長滿了鱗片，這些鱗片有調節體溫的作用，所以如果氣溫上升、陽光直射下來，鱗片便會自動張開，這樣就會減少陽光的輻射角度，同時也會減少對陽光熱能的吸收。」

「如果氣溫下降呢？」一個同學問道。

「那麼鱗片便會閉合起來，緊貼着翅膀，這時候陽光便會直射鱗片，把蝴蝶的體溫控制在正常範圍之內。科學家就是按照蝴蝶這個特性，為人造衛星設計了一個控溫系統，這樣做就能保護衛星上精密的儀器不會讓太陽的高溫弄壞了。」

布小強一氣呵成地說出答案，然後淡定地坐下來。

所有男生張着嘴巴，他們完全來不及消化布小強的答案。對於這樣複雜的解說，在他們的印象中，只有在參觀太空館或科學館時才會聽到。

萬能師母也呆住片刻，這個男生怎麼懂得這些知識？

她差點兒忘記了，這個叫布小強的男孩不就是「她」自己嗎？「她」那時候開始已是一個名符其實的蝶癡，所有與蝴蝶有關的書都看過了，而且看得很通透、很徹底。

「布小強，你說的全對！非常清楚！非常好！大家知道嗎？有了這個重大發明，人類便能進一步探索星空了！」

萬能師母對着布小強豎起了大拇指。

與此同時，班裏傳出一陣激烈的掌聲與歡呼聲！

嘩啦啦！

這些掌聲與喝彩聲都是衝着布小強而來的，大家對布小強另眼相看了。

這一天，大概也是布小強在勞教所裏最開心的一天，他一下子感到自己有生存下去的價值。

那邊，布魯圖卻感到十分慚愧，他的心下了決定，以後要好好讀書，發奮圖強，不要讓這個布小強專美。

他依然提着攝錄機，透過攝錄機的畫面，看着班裏的情況。

這麼一個結局也算圓滿吧。萬能師母沾沾自喜，向課室後方那書櫃頂上的小蝶做了個 OK 的手勢。

小蝶滿心歡喜，興奮地拍動着一雙漂亮的大翅膀，在課室裏飛來飛去，她還飛到萬能師母面前，與她做了一個勝利的擊掌。

萬能師母歡樂滿懷，哈哈地大笑起來。

男生們都感覺奇怪，因為在他們的眼中，就只看到萬能師母獨自一人在手舞足蹈，離奇怪笑。整件事看來極不尋常，到底這老師今天在幹嘛？

與此同時，只見布魯圖站在一旁呆若木雞，臉色蒼白如紙，冷汗直冒。

「布魯圖？你怎麼啦？」萬能師母奇怪地問道。

難道他又想起了剛才的夢魘，未能平復過來？

突然，布魯圖「嘩——」的一聲大叫，不知所措地扔下攝錄機，像頭受驚的小兔子，瘋了一樣的連跑帶跳地衝出課室去了。

沒有人知道他透過攝錄機的畫面到底看到些什麼，竟讓他如此驚慌。

萬能師母認為這該是功成身退的時候了，她對班裏學生說道：

「各位同學，下午的活動改為賞蝶活動，你們準備畫筆和畫紙，觀賞完蝴蝶以後，把你們認為是最漂亮的蝴蝶畫出來。好，下課了！」

與此同時，萬能師母的身體抽搐了幾下，眼睛翻了翻白。到她再睜開眼睛時，一眾男生都已跑出課室去了。剛才到底發生了什麼事呢？她一點頭緒都沒有，心裏只覺奇怪，便匆匆地走出去了。

—20—

進入另一維度空間

這個時候，課室後那個大書櫃頂上，本來僵化了的蝴蝶君回復了清醒，他緩緩地睜開眼睛，意識看來還有一些迷糊，眨了眨眼，四下張望，如夢初醒。

「蝴蝶君，你回來了？」小蝶既歡喜又緊張的問道。

蝴蝶君定一定神，深呼吸了一口氣。

「哼！可惡的布魯圖，今天還不給他一個狠狠的教訓？！看他以後還敢在我面前作威作福！」

「你真的回來了。」小蝶展現歡顏。

蝴蝶君望向小蝶，欣喜說道：「他們應該不敢傷害妳了！」

「蝴蝶君，歷史真的可以改變的嗎？」小蝶關切地問道。

蝴蝶君把眼光落在遠方，沉思說道：「過去與未來因果相連，我改變了過去的一個狀態，照理論來講，未來也會隨之作出改變，那是一種相應的連鎖效應。」

「那結局會是如何呢？」

「這還是未知之數。」蝴蝶君搖搖頭說道，「但起碼我已盡力了。」

「那麼，地球會因此而變好嗎？」

蝴蝶君無奈笑道：「但願如此吧，不然我就對不起這次犧牲了。」

「犧牲？！」小蝶吃驚問道，「你在說什麼？」

「只要能讓妳繼續活下去，任何的犧牲都是值得的。」說時，蝴蝶君的臉色愈見蒼白。

小蝶心裏已泛起了不詳的預感。

「蝴蝶君，你怎麼了？」

「生死兩界，互不觸犯。我本來以為我們只能看見從前存在的景象，我們是無法和過去交互觸碰的。現在起碼讓我知道，人的念力是不可思議的。但我擅自闖進生界人類的軀體，擾亂了因果定律，這必然要付出代價的。」

小蝶慌張起來，問道：「蝴蝶君，你這是什麼意思？」

蝴蝶君乏力地微笑，他嘗試站起來，可是動作明顯緩慢下來，看來是動用了太多的能量，元氣枯竭了。

「蝴蝶君，我們還是先回去吧？」小蝶焦急地建議道。

「我回不去了。」蝴蝶君嗓子像被人掐着，說話有點費勁，「時間無多了，妳回去吧。」

「不行！我們要一起回去。你不能扔下我的，我們一起回去吧。」小蝶堅持着。

蝴蝶君輕輕歎了一聲，他閉目養神，看來極度疲倦。

「蝴蝶君，你這是怎麼回事？告訴我接下來會發生什麼？」

「別害怕，沒事的。」蝴蝶君虛弱地回應，「我靈體的能量

已經虛耗掉了，我回不去了。妳快回去吧，如果妳真的轉了世，做人也好做蝴蝶也好，記住，好好地活下去。」

「蝴蝶君，你在講什麼呀？別嚇我呀！」

「應承我，好好的活下去，否則我是死不瞑目的，知道嗎？」

「蝴蝶君，你就是為了救我而犧牲自己？值得嗎？你為什麼要這樣做？！」小蝶鼻子一酸，眼睛濕潤了。

「別問了，時間無多了！」蝴蝶君提高嗓子說道，「答應我，好好的活着！」

「嗯！」小蝶猛力點頭，那雙明亮的眼睛裏已是淚光瑩瑩。

「後會有期。」蝴蝶君虛弱無力地呢喃出最後一句話。

「蝴蝶君！」小蝶神情激動，她感到不安，情不自禁地勾住了蝴蝶君的臂彎，埋在他的懷裏，痛楚地抽泣。

「嗚——！嗚——！嗚——！」

眼角滲出的淚水沾濕了他的皮膚。

「蝴蝶君！不要扔下我，不要扔下我。」

「別害怕，Karuna。」耳邊還好像聽到蝴蝶君安慰的聲音，她還感到蝴蝶君的手在握着她的手，想要給她信念和力量。

未幾，只見蝴蝶君整個身體綻放出米白色的光芒，一明一暗之下充滿了說不出的詭異，無數微弱的光束在他身體鑽進鑽出。過了一會兒，原來忽明忽暗的身體忽然暗淡無光，然後，整個身軀一點一點的散落，化成一絲絲白色的煙，慢慢隨着空氣飄走了。

沒有人知道，蝴蝶君已化成時間的微塵，散落在一個極其廣闊極其虛無縹緲的密封時空，有如被關人了宇宙監獄，再也無法出來。

「嗚——！嗚——！嗚——！」

小蝶的淚水一發不可收拾，她像木頭一般地坐在那裏不動，愣着兩隻眼睛，發呆地看着逐漸消失的蝴蝶君。

她心裏感到從來沒有的害怕，也不知道自己哭了多久，她只知道自己哭得很傷心，但漸漸地她竟已聽不到半點哭聲，耳邊卻響起了一種使人畏懼的天音，她開始感到自己懸浮在一個虛空中，四周充斥着五顏六色、明暗不同的光影，令她的眼睛難以承受。

　　漸漸地，她的心情也平靜下來，她開始感到寧靜，四周的恐怖聲音已慢慢轉變成為類似仙樂的調子，和祥而美妙。整個虛空閃耀着藍色的光芒，她感到自己的身體被一層白光團團包圍着，身邊白濛濛一片，身體愈來愈輕、愈來愈輕，她甚至感到自己已進入了一個無重的狀態，懸浮在一個藍藍白白的維度中。

　　這個時候，一道耀眼的光芒從高處直射下來。很快，她感受到一種前所未有的輕快感覺，這種祥和安逸的感覺將她引進光內。

　　如果蝴蝶君還在的話，他準會告訴她，她在生死交界已度過了整整七天，從今以後，她將會幻化成為一股無形無體無色無相的能量，在一個虛無飄渺的空間，等待重生。

—— 21 ——

 # 五百年後的相逢

又是一個風和日麗的早上。

山坡上落滿了陽光，一種慵散的味道浮蕩在半空。

　　草地上一片芬芳，蟋蟀和不知名的昆蟲在吱吱和唱，蜜蜂在花叢中嚶嚶嗡嗡地飛着，忽上忽下，來回穿梭，忙個不停。松鼠和野兔在草地上奔跑跳躍，小鳥在空中追逐飛舞，萬物呈現一片生機，一切是那麼朝氣勃勃，活力十足。

　　他如常地來到小山坡，坐在大樟樹下獨自看書。

　　這天，他在圖書館裏挑了一本趣味讀物。考試剛剛結束，冬假正式開始了，他的心情跟冬日的陽光一樣懶散。

他翻開書本，讀出第一頁：

「天際浮起一片魚肚白，大地逐漸光亮起來。剛剛起身的
太陽啊，精神抖擻，暖烘烘的把整個墳場照得通亮。墳場位於
一座沿海的丘陵上，高處長了一棵大樟樹，聽說有五百歲了，
黃褐色的樹皮長了許多縱裂的深溝紋，樹幹很粗壯，要七八個
人手把手才能抱過來。遠遠望過去，樹冠就像一把撐開的綠色
大傘，煞是好看。」

他十分專注，幾個小時過去了，他起來伸了個懶腰，繞着
大樹來回踱步，同時幻想着書中所描繪的景象。他喜歡踩枯掉
在地上的葉子，因為這樣會發出「喳喳」的聲音，他特別喜歡
聽這種聲音。

「哇唷──！」

突然卻傳來一聲尖叫。

「噢！」他這才發現自己的腳踩着一個正蹲在地上撿葉子的
女孩的腳跟上，而他自己也重心不穩地摔了一跤，手上的書本
都飛出去了。

「對不起！」他連忙賠不是，「妳沒事吧？」

女孩站起來，抖一抖附在裙子上的枯草，她這才發現，手

裏捏着的幾片葉子已給砸碎了。

「哎喲——！」一副欲哭無淚的樣子。她真想一拳揮過去，給這個人好好的教訓一頓。可是抬頭一看，四目交投之際，這個大男孩目光炯炯有神，長相俊俏，女孩滿腔的怒氣一下子消失了。

「妳喜歡撿葉子來做書籤嗎？」大男孩問道。

「哼！多難才撿到這幾片又漂亮又完整的葉子呢，現在前功盡棄了。」女孩撅起嘴巴埋怨道。

「拿去吧！」

大男孩撿起了掉在地上的書，從書中拿出幾片又大又漂亮又完整的葉子遞給女孩。

女孩歡喜地接過葉子。

「你也喜歡撿葉子做書籤嗎？」

大男孩微笑點頭，原來兩人有着共同的嗜好。

這時，女孩瞥見男孩手中圖書的書名，好奇地問道：

「《生死結界》？這是什麼書呀？」

「都是些怪談。」大男孩回答道。

「欸？」女孩的表情流露出很大的興趣，「這是講什麼的呢？」

「很久很久以前，」大男孩回答道，「地球經歷了一場浩劫，世界被毀滅了。」

他揭開一頁，讀出內容：「大氣層的臭氧空洞持續擴大，人類長久暴露在頑強的紫外線輻射底下，整個世界飽受摧殘，地球氣溫攀升，兩極冰川融化，海平面上漲，多國出現陸沉，數十萬個物種相繼消失，生物界經歷着一次名副其實的種族大滅絕。地球已是千瘡百孔，喪失了復元能力，人間變成煉獄，人類痛苦掙扎，苟延殘喘……」

「這麼恐怖呀？很像科幻小說的情節呢。」

「妳就當是科幻來看好了。這書妳拿去看吧。」

「你先講講吧。」

「我簡單講講好了，喜歡的話妳再拿去看。」

「好呀。」

就這樣，兩人邊聊邊走到大樹樟那邊坐下來。

微風吹拂，十分寫意。一群蝴蝶在空氣中上上下下地追逐着，白的、黃的、紅的、藍的、花的，活像是一朵一朵會飛的花朵，多麼的漂亮。

— 22 —

小島怪談

大男孩開始說故事了。

「很久很久以前，人類因為大肆破壞大自然，得罪了大地之神。大地之神呼召了毀滅之神施展魔力，讓太陽燒焦了大地，讓大海變得像沸水般滾燙，讓所有的樹木都要枯萎，讓所有的動物和魚類都要死去。人類的生活變得愈來愈困苦，為了逃避太陽的蒸烤，他們甚至要躲進地底生活，苦不堪言。人類每天苦苦哀求上天賜福，讓他們脫離魔鬼的詛咒……」

男孩的聲音沉實穩厚，聽上去有一種非文字所能描繪的魅力。

女孩豎起耳朵聽，恐防錯過任何一個重要的字眼。

「人類的哀聲震動了天庭，上天便派遣天神來到人間，天神看到生靈塗炭，動了惻隱之心，最後同意解脫人類的痛苦，但同時也對人類開出了一個苛刻的條件。」

「什麼條件？」女孩問道。

「天神要人類務必把自己一半的心臟切割下來，然後埋在小島最高處的一棵神樹下。」大男孩說道。

「欸，我們這裏不就是小島的最高點嗎？」女孩不禁插嘴問道。

「哈哈，真巧，這棵老樹有一千歲了，它不就是一棵神樹嗎？」大男孩指着身後的大樟樹說，「我們要不要挖掘一下這裏樹下的泥土，把那些心臟都挖出來證實一下？」

「這太可怕了！」女孩鼓起腮幫子說道，「別岔開話題，說下去吧！」

大男孩清一清嗓子，繼續說道：「這樣做，整個小島的男性成年人都把自己的一半的心挖出來，然後島上的巫師舉行了一場隆重的祭奠儀式，把一個又一個的心臟埋在神樹的底下。從此，小島就有了人類一半的生命。人類必須盡其所能的愛護這個小島，就如同他們愛護自己和家人一樣。否則的話，假若小島遭遇任何不測，他們自己也將會性命難保。人類的誠意終於深深地感動了天神，天神兌現承諾，施展法力解除小島上的魔咒。

從此，乾旱的大地濕潤起來，沸騰的海水冷凍下來，花草樹木重新長了出來，動物和昆蟲也重新孕育出來，大自然回復了生氣，人類終於可以快快樂樂地生活下去了！」

大男孩輕鬆地把故事說完，然後把書本合上。

女孩認真地思考起來，說道：

「想不到古代的地球曾經經歷那麼一場災難，幸好我們現在的地球還是這麼健康這麼漂亮！」

放眼望去，一片青山綠水，藍天白雲。她認為地球本來就應該是這樣的。

大男孩看不過眼，忍不住說道：「妳太天真了，那不過是怪談而已，完全沒有科學根據，你怎麼能信以為真？妳這個人真迷信！」

「我覺得，」女孩反駁道，「這個世界最大的迷信，就是以為科學必能解釋一切。」

「這話怎麼講？」

「科學只能證明某種物體的存在，但是不能證明某種物體不存在呢。神在哪裏啊？我看不到，所以沒有。你看不到，不代

表別人也看不到，也不能證明神不存在。退一萬步來說，即使全世界的人都看不到神，也無法證實神的不存在。這是一個永遠無法證實的假設。其實，世界上看到神鬼的人很多，過去、現在都有，只是有些堅持科學精神的人不相信而已。」

「怎麼可能？！」

「你相不相信這個世界有魔法？這個宇宙還有外星人？」

「沒有確證據我是不會相信的。」

「你不相信為什麼你又看這種書？」她反問道。

「哦──！」大男孩張開嘴巴，思考片刻才能答話，「我不過是無聊才拿來看看吧。」

「科學也有它的局限吧，」女孩又說，「現在探索不到的問題，不代表未來不能做到。這是探索的深度問題，如果存在比人高明的生命，那人家的技術水平完全可以不讓你探測到，他能看見人，人卻看不見他。這是低級生命探測高級生命是否存在的假設問題。」

「妳的說話很玄，讓我好好的思考一下吧。」大男孩想了想又說，「其實，這個地球有沒有出現過些什麼天神惡魔我不知道，但人類歷史卻真的出現過一些大智大慧、真知灼見的大人

物，他們對人類做出了非常偉大的貢獻！」

「那肯定了，古今中外的許多偉人，都是我們學習的榜樣。」

「書本也有記載，五百年前這個地方並不是這樣的，那時候人類的文明污染了大自然，已到了一個不可收拾的局面，但當時出了一個大英雄，花了大半生的精力，誓死也要保衛大自然，最後及時制止了一場生態大災難，挽救了很多瀕臨絕種的動物！」

「你是說布魯圖教授，歷史上鼎鼎有名的生物學家嗎？」女孩問道。

「對呀，」大男孩說道，「他是我最喜歡的一個歷史偉人！他的大名妳肯定也有聽說過吧，他何止是個生物學家，還是個社會活動家、地球保衛者！他為了挽救當時岌岌可危的地球生態，幾乎跟他的父親反目成仇，寧死也不願去繼承龐大的家族地產生意，而是關注地球氣候變化，關心生態的平衡，在當時來說是個不正常的人，是個瘋子！」

「對對對！就是這樣的。那你也看過他那本日記嗎？」女孩說道。

「日記？」大男孩搖頭答道。

「那是他死了好多年以後才給發現出來的，人們都很喜歡研究這個偉人，連他的日記也不放過。我最近剛看了，今天就是要來還書的。」

這時，女孩從她的包裏掏出一本書來，書名寫着：

《無法解釋的啟示》

大男孩好奇地問道：「書裏有些什麼不可告人的秘密嗎？」

「有呀！」女孩故作神秘地說道，「以你這樣的科學頭腦，我說出來你一定不相信，但那是他寫在日記裏千真萬確的事情！」

「那是什麼？」大男孩追問道。

「你知道嗎？這位布魯圖教授本來還是個囚犯，他回憶在勞教所的那段日子，有一天他要幫忙老師錄影班裏的情況，突然在攝錄機的畫面裏他看到了一個怪誕的景象。」

「他看到什麼？」大男孩問道。

「他在鏡頭中看到一個幽靈！」女孩答道。

「幽靈？」大男孩又問。

「是！一個半人半蟲的幽靈，半透明的，具體一點說是一個長着蝴蝶翅膀的女孩，在課室裏拍着巨大的翅膀飛來飛去！最讓布魯圖教授感到奇怪的是，他當天正在上生物科學課，老師跟他們講的正是『蝴蝶』這個題目。那隻蝴蝶幽靈突然出現，會是一個什麼啟示嗎？那天以後，他一直在思考這個問題。」

「布魯圖教授是個講求科學證據的學者，」大男孩說道，「他哪會相信神怪之說？妳看的那本日記是杜撰的吧！是小說家天馬行空的幻想吧！別當真好了！」

「怎會是杜撰的呢？」女孩不服氣地反駁道，「已有專家學者證明這本書是真本了。」

「是嗎？那他在書裏還講了些什麼嗎？」大男孩問道。

「他說那一天是他人生的轉捩點，他開始看了很多關於蝴蝶和其他瀕臨絕種動物的書，然後發現了一個很讓人震驚的事實。」

「嗄？」

「你有興趣要知道嗎？」

「聽聽無妨。」這回倒是他好奇起來。

女孩把書打開，翻到其中一頁，專注地讀出來：

「我開始意識到，自然環境經歷數百年的人為破壞後，不少珍稀動物已絕迹了，還有很多已受到絕種的威脅！當某些野生動物不能存活，也表示這個環境已經惡化，如果我們再不去愛護大自然、保護大自然的生物，當地球生態再惡化下去，當生物相繼滅亡，就是連人也活不下去的關頭了。」

男孩思考了一會兒說道：「原來他生命裏有這麼一趟奇妙的遭遇，只因為在童年時遇上一隻半人半蟲的蝴蝶幽靈，就讓他的思想上有了這麼大的改變。」

「是呀，所以他這本日記才叫《無法解釋的啟示》。世界這麼大，有些東西真的是無法解釋的呀。」

這話可有些道理，就如生活中充滿着許多無法解釋的偶然和巧合，只能用一個「緣」字來解釋。如果男孩在剛過去的暑假沒有參加中華白海豚觀賞遊，他今天早上一定已跟家人一起出海去了，那他就不會來到圖書館旁邊這個小山坡，也不會遇上這個女孩。同樣地，如果女孩在去年沒有參加過濕地公園遊，她今天早上一定也已跟同學一起在觀看越冬而來的黑臉琵鷺了，那她也不會來到這個小山坡，也不會遇上這個大男孩。

人與人之間的相遇本來就是一種緣份，只要時間是對了，緣份就會來，無法解釋。

這時，大男孩好奇地拿起女孩的書，隨意翻開一頁，把其

中一段讀出來：

「長久以來與我一起並肩作戰的人，是我從小便認識的好友布特拉夫，他為了拯救瀕臨絕種的蝴蝶，多年來奮不顧身地進行抗爭。有一次，我們因不滿一片所剩無幾的珍貴樹林被地產商的挖掘工程搞得滿目瘡痍，於是便氣沖沖地從研究院跑到那工地前絕食抗議，並高舉橫額大叫口號，誓死不休。對於我來說，這是非常痛苦的一天，因為這個地產發展項目正是我父親所有的，我在他的工地前示威，意味着我將要與我這位尊敬的父親決裂！父親一聲令下，我和布特拉夫的四肢竟被抬起呈烤乳豬狀，像垃圾一樣被丟上佈滿鐵絲網的警車裏！布特拉夫頭上那兩個小髮角更給壓得扁扁的怪可憐的樣子！」

女孩看了看男孩的髮型，不禁插嘴問道：「那個布特拉夫頭上的兩個小髮角，看來跟你很像？」

「哈哈，是嗎？我這是天生的。」

大男孩笑了笑又繼續唸下去：

「『你這瘋子，竟然為了那些無關緊要的蝴蝶而企圖阻礙社會發展！神經病呀你！』這是父親當時罵我的說話，我到現在還記憶猶新。從那天開始，我知道以後的路必然會舉步艱難，但我也相信，只要相信自己，認清理想，堅持到底，最後一定會取得成功的！」

　　書讀完了，男孩的腦海中浮現出當年布魯圖為了堅持理想而與他爸爸反目的情景。相比之下，他便顯得懦弱了，他自小便喜歡音樂，卻一直為了符合父母的期望而參加了一些自己不太喜歡的課餘活動，他心裏一直認為這樣很不妥當，但卻又不知道自己的人生該如何安排。

　　他想了想，輕輕的把書本合上，然後對女孩說道：

　　「你知道哪裏有學小提琴的地方？」

　　「有呀。」女孩答道，「我學唱歌的地方就有了。」

　　「我一直想學音樂，我不想再拖了，就從這個假期開始吧。妳方便給我介紹一下嗎？」

　　「可以啊。」

　　「妳喜歡唱歌的嗎？」

　　「是呀！唱歌是我最大的樂趣。」

　　「還未請教，妳叫什麼名字？」大男孩問道。

　　「我叫 Karuna，你呢？」女孩說道。

「我叫 Metta。很高興認識妳。」

兩人就這樣向圖書館的方向走去。山坡上這棵大樟樹，聽說已有一千歲了，樹幹非常粗壯，要十來個成年人手把手才能環抱。空氣中洋溢着小白花的芳香，小鳥在樹上啁啾着。遠遠望過去，大樟樹的樹冠就像一把撐開的綠色巨傘，十分好看。

啦啦啦，忘記吧！在美好的春日裏，
把一切忘記，快樂在當下！
啦啦啦，唱歌吧！在愉快的歌聲裏，
把一切美好，於當下發芽！

女孩心情愉快，口裏哼起歌來。

啦啦啦，飛翔吧！在青春的年華裏，
把傷痛忘記，快樂在當下！
啦啦啦，飛翔吧！在清涼的微風中，
讓夢想萌芽，活著多精彩！

一雙蝴蝶在他們的身邊飛舞，姿態優美。蝴蝶看來很大，有成人的手掌那麼大，翅膀的色彩鮮明，那金黃色的後翅在陽光照射下呈現出類似珍珠在光照下反射出來的變幻光彩，時而青、時而綠、時而紫，實在漂亮極了！

蝴蝶呀，靜靜表演優雅的舞姿
山巔水媚的舞者
一朵一朵會飛的鮮花！

蝴蝶呀，默默傳播美麗的訊息
山林大地的舞姬
一幅一幅飛舞的彩畫！

　　一抹溫和的陽光照射在他們的臉龐上，沐浴在陽光裏，讓人不禁信心十足，春天不會遠了。

緣起

緣，總是如此奇妙。

這故事講的是物種滅絕，巧合的是，最近英美各大雜誌均不約而同地報導全球物種滅絕事件。美國《紐約人》（New Yorker）最新一期（13 May）的文章標題是 Climate Change and the New Age of Extinction（氣候變化與物種滅絕新時代）；《紐約時報》（New York Times）（6 May）的文章為 Humans Are Speeding Extinction and Altering the Natural World at an 'Unprecedented' Pace（人類正在以「史無前例」的步伐加快物種滅絕並改變自然世界）；英國《衛報》（The Guardian）（6 May）的報導是 Human Society Under Urgent Threat from Loss of Earth's Natural Life（地球自然生命滅亡對人類社會構成緊急威脅）；英國《一周》周刊（The Week）（7 May）的專題則是 Why Human Activity 'Threatens

One Million Species with Extinction'（為什麼人類活動「對一百萬個物種構成滅絕危機」），次標題是 UN-sponsored report warns relentless pursuit of economic growth means 'mass extinction event' already underway.（聯合國報告發出警示：人類對經濟增長的不懈追求意味着「大規模物種滅絕事件」已經開始）。

　　地球是否已進入了新一輪的物種滅絕期，看看統計數字大家便心中有數。美國版的《一周》（The Week）較早前刊登了題為 The Sixth Mass Extinction, Explained（詳解第六次物種大滅絕）的文章，當中就提到：

　　隨着全球人口增長到七十五億，人類在地球上留下的巨大足跡對哺乳動物、鳥類、爬行動物、昆蟲和海洋生物造成了毀滅性影響。由於我們侵佔動物的棲息地、過度捕獵和捕撈、把入侵物種引入新的生態系統、帶來有毒污染和導致氣候變化，已把成千上萬種物種逼到了滅絕的邊緣。2014 年的一項研究發現，在過去四十年裏，全球野生動物的數量銳減了 50%。世界自然基金會（WWF）估計，自 1970 年以來脊椎動物的數量總體下降了 60%。過去二十年，美國帝王蝶的數量銳減了 90%，約九億隻，同時鏽補丁大黃蜂的數量減少了 87%。由於過度捕撈，太平洋僅剩下 3% 的藍鰭金槍魚原始種群。WWF 執行主任邁克・巴雷特說：「我們正夢遊到懸崖邊。」

　　我們正夢遊到懸崖邊，往下一步該怎麼走？人類能從這種沉睡的狀態中清醒過來嗎？還是我們依然目空一切，冷漠無情地對待其他與我們共生並存在這個寶貴星球上的一切生靈？

有專家指出，人類僅佔生物量的 0.01%，但人類文明誕生至今卻已毀滅了 83% 的野生動物和一半的植物。全球野生動物的數量急劇減少，人類正是罪魁禍首。過去的不說了，單看 2019 這一年，第一個滅絕物種是一隻叫 George 的蝸牛，全名是「金頂夏威夷樹蝸」，就在剛剛踏入元旦的那一天，喬治離世了，終年十四歲。像喬治這種蝸牛，本來是夏威夷的原居民，在樹林裏無憂無慮地生活，直到 1997 年，科學家才赫然發現，地球上原來只剩下為數不到十隻的金頂夏威夷樹蝸，本來在樹林隨處可見的蝸牛，一夜之間變成稀有品種，科學家連忙把這些僅存的蝸牛急送當地大學進行人工飼養，但人工生態十分脆弱，二十一年過去了，最後只有喬治存活下來，因為牠是地球上最後一隻金頂夏威夷樹蝸，所以媒體把牠形容為世界上最孤獨的蝸牛。科學家曾努力嘗試找另一隻同類蝸牛與喬治繁殖，但最後未能成功，只能眼巴巴看着喬治孤獨老死。終其一生，喬治都是被人工圈養，從來沒有在本來屬於它的樹林裏生活過。牠的死亡，見證了一個物種的完全滅絕。

二月份，澳洲政府正式宣佈一種名為「珊瑚裸尾鼠」的小型囓齒動物已滅絕。此物種是澳洲北端一座小珊瑚礁島上的特有原生哺乳動物，但因近年氣候極端，小島不斷遭受暴風巨浪襲擊，島上的植被幾乎全部被海水摧毀，珊瑚裸尾鼠因此無以為食，最終滅亡。

四月份，中國政府宣佈在地球上已生存了二億七千萬年的「揚子江巨型淡水鱉」已滅絕。

　　對於很多人來說，這些物種的消亡只是微不足道，因為他們存在與否，對人類的生活看來沒有構成多大影響。這其實是個十分錯誤的觀點。我們今天堂堂的以發展環境為由摧毀動物生存空間，但長遠來說，我們必須為此付出代價。每一種動物都為生態環境做出貢獻，毀滅牠們，等於毀滅我們自己的生態環境，造成大自然的不平衡。如果動物無法生存，那麼人類生存的空間也無法獲得保證，我們不要以為人類比其他動物來得偉大，發生在其他動物身上的事情，永遠也不會發生在人類身上。

　　英語中有一句話叫 It's a matter of life and death，意指一些生死攸關的事情。歷史上地球曾經歷了五次大規模物種滅絕，當時人類還未誕生，今天，地球進入了第六次物種滅絕期，元凶竟然就是自稱「萬物之靈」、稱霸着這地球的後起之秀——人類。面對這場生死攸關的鬥爭，人類的結局會是如何？

　　有緣，必有因。有了因緣，自然開花結果。世間一切事物，都是因緣和合而生。幸福的人生，是好因善緣的結果；悲慘的遭遇，無非是惡因栽種而自招的惡果。所有一切的根源，都是自作而自受。幸福的地球，必然也是好因善緣的結果；悲慘的世界，也是人類自己一手造成。

　　小說最後出現了兩個人物，男的叫 Metta，女的叫 Karuna。在巴利文裏，Metta 指「慈」，Karuna 指「悲」，慈悲是兩種不同的概念，慈能予樂，悲能拔苦，願給一切眾生安樂為慈，願拔一切眾生苦難為悲。人與地球，人與地球上的物種，該維持

着一種怎樣的關係呢？慈悲二字，早已隱藏着答案。

演然

己亥仲夏書於香江

生死結界

作者：演然
出版經理：林瑞芳
責任編輯：胡卿旋、宇文弈
協力：譚果甜
封面及美術設計：夜豆
出版：明窗出版社
發行：明報出版社有限公司
　　　香港柴灣嘉業街 18 號
　　　明報工業中心 A 座 15 樓
電話：2595 3215
傳真：2898 2646
網址：https://books.mingpao.com
電子郵箱：mpp@mingpao.com
版次：二〇一九年七月初版
ISBN：978-988-8526-17-8
承印：亨泰印刷有限公司